Johannes Kühn

# *Ein Ende zur rechten Zeit*

Erzählung

Mit einem Nachwort von
Wilhelm Genazino

Carl Hanser Verlag

5 4 3 2 1   08 07 06 05 04

ISBN 3-446-20459-8

Druck und Bindung: Clausen & Bosse, Leck
Printed in Germany

»Unsere Gespräche drehen sich in der Regel um häusliche Angelegenheiten, um den Staat, die Studien der Kunst und der Wissenschaft. Selbst wenn die Rede auf andere Dinge abzuschweifen anfängt, müssen wir uns doch Mühe geben, sie auf jene Gegenstände zurückzulenken, jedoch mit Rücksicht auf die jedesmalige Gesellschaft. Denn nicht alle kann ein und derselbe Gegenstand zur Unterhaltung zu jeder Zeit und in demselben Grade interessieren. Auch verlangt die gute Redensart, darauf zu achten, wieweit unser Gespräch den anderen anspricht, und so wie dasselbe aus einem vernünftigen Grund begonnen war, so soll es auch zur rechten Zeit ein Ende haben.«

Cicero
*Drei Bücher von den Pflichten*

# I

Wenn ich früher gelebt hätte, vor zwei Jahrhunderten etwa, vielleicht hätte ich alles, was ich in meinen Ferien erlebt, einem Freunde geschrieben, deren viele in der Welt wohnen. Aber ich schrieb alles nur für mich selbst auf in dem Gedanken: Ruhe und wirble nach deinem Wesen!

Warum? Der Freund gibt die Briefe weiter, wem kann man trauen!

Die Menschen sind so schlau geworden; sie haben gelernt zu spotten. Und die Analytiker, welche die Seele nach einem Wort der Griechen nennen, bei denen sie noch etwas galt, würden mit ihrer Wissenschaft meine Erfahrungen und Regungen zerlegen. Ihre Messer schleifen sie oft an dem alten, uralten Sandstein der Eitelkeit und ihre Mäuler posaunen.

So dacht ich, als ich daranging aufzuschreiben, was mich bewegte: Wenn gar nach Mode diese Briefe herausgebracht würden! Eines Morgens erwachten meine

Eltern, würden, wie gewohnt, ihre Zeitung lesen und plötzlich erschrocken absetzen: Mein Name würde dastehn, so wie sie ihn ins Taufbuch geschrieben, dazu Ausdrücke gepaart wie: erotische Überempfindlichkeit, neurotische Komplexe. Die Zeilen, die vor diesen Worten dienerten, als seien es Könige, spöttelten, ihnen wäre gewiß, in den Ausdrücken selbst würde ich endgültig verdammt. Sie sind nicht hochgebildet, meine Eltern, verständen die Ausdrücke nicht. Aber die Schullehrer, welche auch die Zeitung lesen, in Dörfern achtungswürdige Personen, ja, in jeder Frage anzusprechen, grüßten höhnisch, und wenn sie besonders gut gelaunt wären, erklärten sie gar, gespreizt, daß die guten Leutchen so am Ende wüßten, ich streckte mich vergeblich nach Ruhm aus.

Das Wissen und der Stand machen den Menschen dünkelhaft, blähen ihm Anmaßung und Hochmut auf, Netze, die ein gutes Herz rasch einschnüren.

Das waren meine Gedanken damals: Nein, nein, so möchte ich niemals in die Zeitung geschleift werden, und außerdem ist es auch nicht nötig.

Ist dies vielleicht mein Fehler, an einem Windzipfel ein Gewitter herbeizuziehen? Möglich, daß es falsch ist, sich zu fürchten, es ist möglich.

Was ich aber erlebt habe, brachte mir die Einsicht, daß es dringend notwendig geworden, daß die Menschen sich wieder von Herzen zu Herzen unterhalten. Und weil es auch wirkliche Erlebnisse sind, und ich sie denn auch einem Freunde zeigte, und er sie wert erachtet – Gespräche mit Cicero wollte er sie nennen – herauszugeben, so sind sie hier. Wie aber kam es, daß ich mich mit einem Weisen des Altertums, dem man viel Menschlichkeit zuspricht, unterhielt, einsam mit den Menschen um mich herum, wie kam es?

# II

Die Schule schläft in diesen Sommerwochen. Während meiner langen Ferien arbeite ich in einem Sperrholzwerk; ja, ich sag es wieder: Ich will Jugendrichter werden und den Menschen helfen, und wenn in mir auch ein leiser Zweifel lacht, daß ich dies nicht recht vermag, so spreche ich es noch einmal, lauter, bis der Zweifel stirbt.

Ach, welche Gedanken, wie ich mich zum Fenster hinauslehne!

Still mäntelt der Himmel seine ernsten Falten herab. Nah wandet der Wald an das Haus, laubt mit seinen dunkelgrünen Wipfelwolken empor, und die weißen wirklichen Wolken des Himmels flattern tiefer. Der Mond hat sie gefüllt mit seinem Licht. Tiefer! Als könnten sie nicht anders von der leuchtenden Fracht beschwert, doch landen sie nicht. Wer glaubt nicht, daß dieser herrliche Abend das Tor schloß hinter dem Tag, an dem ich zu arbeiten begann:

»Guten Abend, Cicero, du bist ein römischer Staatsmann aus dem letzten Jahrhundert vor Christus. Ich habe mich mit deinen Reden befaßt, aber ich frage dich, Weiser, kennst du ein Fließband? In deinen Reden gleich dem Fluß, der jeden Stein in seinem Bett glatt umschließt, in deiner Sprache such ich vergeblich nach diesem Wort.« Es ist auch gut so, denn begegnete es mir wieder einmal beim Lesen, erinnerte ich mich sicherlich an diesen Morgen. Und ihn nacherleben!

Mir zittern die Glieder, mildet der Abend auch sommerlich.

Mein Vorarbeiter ist ein ernster Mann, gleich gewann er mein Zutrauen. An einer erhöhten Stelle des Werkes ist es, wir stehen zusammen, langes Sperrholz liegt vor uns gestapelt, und der Kran bringt uns mit großem Eisenarm neues zu. Ach, Cicero, was ist ein Kran? Woher er es bringt, weiß ich selber nicht. Ich werde hier im Werk zur Arbeit eingegliedert, und die Kräne bringen es immer zu.

Und immer in eine schwarze Fahrrinne, die vor uns liegt, Holz zu legen, erklärt mir Fritz, ja er hieß Fritz. Er drückt auf einen Knopf an einer Blechwand, die Maschine hämmert, das Band läuft, läuft, zerstückt die letzte Stille, die an diesem Sommermorgen im blauen Himmel hängt, denn drinnen in den Werkhallen braust und donnert es längst. Und ich werfe Holz in den rollenden Pfad, ungelenk erst, dann mit der Übung wendiger, ununterbrochen, Sperrholzreste, braune Reste, immer, immer!

Hier geht ein Höllenrad, Cicero. Solche Arbeit taten Sklaven an den Steinmühlen deiner Zeit. Ein freier Bürger bin ich, Cicero. Ich will keine Sklaven! Mein Blut ist nicht aufrührerisch, mein rotes Gesicht ist keine Fackel zur Revolution gegen herrschende Menschen, wir sind freie Bürger.

Aber das Band, das Band, das eisern rollt, rollt nur, immer, und es lärmt, es lärmt.

Cicero, die Sonne geht auf, in meinen Nacken fallen die ersten warmen Halme der Strahlen. Die Sonne, Cicero, du maßest die Zeit an ihr, an ihrem Bogen, dem Schatten, den sie schuf – aber am rinnenden Sand auch.

Ich habe an meiner Hand eine Uhr, ein blinkendes Geräder, Cicero, eine Stunde Arbeit zeigt sie erst – und meine Muskeln lähmen.

Wie war es noch? Ja, ununterbrochen ein Stück, hat der Vorarbeiter gesagt, sonst geht die Maschine kaputt! Unter meinen gebückten Blick randet sich ein Schatten. Ein Herr steht neben mir, eisig weht sein Mantel im warmen Morgen: »Sagen Sie, die Maschine läuft so nicht voll. Ihre Kraft wird nicht ganz genutzt. Ich habe schon länger zugesehn, gewiß, werfen Sie mehr hinein!« Getan. »Noch mehr!« Ich komme nach. »Und das ist noch zu wenig!« – Und ich befolge rasch, immer still, ängstlich auch, befehlsgewohnte Stimme. Sie ist sicher und ernst.

Kaum ist der Schatten zur Seite verschwunden, erscheint nach einer Weile der Vorarbeiter: »Was hast du denn gemacht, alles ist verstopft, die ganzen Rohre sind verstopft! Das Sperrholz ist noch naß vom Regen gestern, und die Maschine macht nicht mit. Ich hab es dir doch gesagt. Das war zuviel. – Ein Stück jedesmal in die Rinne!« Ich nannte den Herrn und seine Weisung.

»Ich bin verantwortlich für diese Maschine. Woher wollen diese Herren wissen, wie diese Maschinen arbeiten. Gelt, du bist mir nicht böse, daß ich dich duze. Du mußt wissen, hier wird jeder geduzt. Du hast die Frauen sicher gesehen, die ins Werk gingen, ältere, jüngere, ich duze sie alle. Auch Männer, die viel älter sind als ich. Hier muß jeder auf den anderen abgestimmt sein, jede Handreichung, jede Arbeit muß auf die andere passen. Die Herren kennen diese Hackmaschine nicht recht, sie leistet nicht sehr viel. Hackmaschine heißt sie, oder auch Eierich nach ihrem Erbauer. Im ganzen Werk findest du solche Namen: Anton Bezner oder auch Vanhüllen. Ja, und jetzt warte, lege erst wieder Holz auf, wenn ich zurückkomme.«

Selige Pause, in der ich atmen konnte!

So war es heute morgen. Cicero, und nun klirrt der abendliche Sommerwind an die Bäume, oder zittern und sausen meine Nerven so, daß ich es in den Ohren spüre? Ja, so war die Arbeit! Nicht weiter denken!

Doch laß mich verwundert sein, wie man einer solchen Maschine einen Namen geben kann, einen menschlichen Namen, diesem Eisenödsinn. Meine Kraft habe ich bei ihr gelassen, und ich höre noch, wie sie hämmert:

Tak, tak, tak! Wie sie schmettert, schimpft und lacht, als sei es ein Entgeld, ihre Freude für die geleistete Arbeit.

Ich gebe ihr die Unarten eines Menschen!

Und ich hörte sie im Zug, als ich heimfuhr und im Omnibus. Was ist es? Du weißt es nicht, Cicero, laß mich's später einmal erklären, ich bin müd.

Und schon liege ich im Bett. Mein Kissen knistert, dem kann ich es sagen, denn Form muß man wahren, wenn man an dich, Cicero, denkt. Aber die Risse in meinen Händen, in die das Holz splitterte – Kissen, sei weich! Verdammt, und da bluten sie noch, sie sind gerissen, wie durch Stacheldraht gezogen. Und es waren acht Stunden, ja acht Stunden, acht, acht. –

# III

Cicero,
wie vor einem Tribunal stand ich heute. So kam es: Der Betriebsleiter des Werkes, dem die Störung gemeldet wurde, die entstanden war, weil ich nach neuer Weisung rascher gearbeitet hatte, sprach mich an und fragte, wer denn dieser Herr gewesen sei. Ich konnte es nicht sagen, da ich nicht aufgeblickt, ihn mir auch dann nicht gemerkt hatte, als er wegging. Und hätte ich ihm nachgeblickt, wäre es ein Wunder, wenn ich seinen Namen gewußt, da ich ja erst seit drei Tagen hier arbeite.

Er, der Herr Betriebsleiter, der mich an der Treppe zum Umkleideraum anhielt nach der Schicht, stellte sich mir vor. Und nun schloß er: »Sie folgen nur noch der Anordnung Ihres Vorarbeiters in diesen Dingen.«

Heute morgen auf der Frühschicht, so um elf Uhr, kommt der nämliche unbekannte Herr wieder, an seiner Stimme, die »Na« schnarrt, merk ich es. Es siedet in mir auf. Fünf Stunden ununterbrochener Maschinenlärm, den man in seinem Leben nie gewohnt war, peitschen das Gemüt unsäglich reizbar. Ich schaue auf, ein jüngerer Herr ist noch dabei, er selbst mag fünfzig sein. Ich arbeite ihm wieder zu wenig. Meine Muskeln hätten geheult, wenn sie die Stimme so nörgeln gehört hätten!

Und nun richte ich mich auf, gewöhnt frei zu reden, ohne meinen Ärger zu dämpfen: »Es kann sein, mein Herr, daß ich Ihnen freche Antworten gebe, aber, Sie sehen vielleicht ein, daß ich zwei entgegengesetzten Anweisungen nicht folgen kann. Mich verstimmen sie allein deshalb, weil sie stets scharf vorgebracht werden. Das ist aber allein für mich unangenehm, aber dadurch, daß ich gestern mehr auf das Band gelegt habe, wurde das ganze – « Hier hakte er ein: »Legen Sie Latten auf, die Maschine läuft sonst leer! Auch während man spricht, kann man arbeiten!« Ich reiße die Holzstangen aus dem Haufen und knalle sie auf das Band, würge heraus: »Ich werde bei diesem Tempo bleiben, denn gestern wurden alle Gebläserohre verstopft. Der Vorarbeiter, der hat nämlich anderes angeordnet, Stück für Stück und langsam, hat er gesagt und sehr geschimpft. Ich bin erst seit zwei Tagen hier. – Nehmen Sie es mir nicht übel, ich kenne Sie nicht, ja, ich weiß nicht einmal, welche Funktion Sie im Werk ausüben.«

Hier hob ich mich wieder, ließ die Maschine leerlaufen, ich hatte fest vor, die Arbeit zu verlassen, wenn nur ein scharfes Wort unter dem Hut hervorkommen würde.

Der Herr ging nun etwas zurück und fragte den jüngeren.

»Wer ist das?«

Ich hatte Hochdeutsch gesprochen, was sonst bei Arbeitern dieses Landstrichs selten ist. Und »Student« erwiderte der jüngere, sympathisch in Stimme und Wesen. Der Ältere räuspert sich, fühlt sich plötzlich zu einer Zeit verpflichtet, sieht zur Uhr, eilt davon.

Ich will nicht ungerecht sein, Cicero, er war wohl in seinem Recht, der Herr Generaldirektor des Werkes auf seiner Morgenvisite, jetzt weiß ich nämlich, wer er war. Und daß er so mit mir umging und ich mit ihm reden konnte, zeigt: Wir leben in einem freien Staate, sind frei und keine Sklaven.

Dann hackte ich wieder mit meiner Maschine los. Mit ihr war schwerer zu reden. – O Zeit!

Der Generaldirektor konnte auch nicht jede Maschine kennen, denn so viele sind hier, alle verschieden, und der Vorarbeiter konnte auch nicht immer so schnell an allen Stellen Bericht geben, wenn irgendwo ein Fehler aufkam. Das Werk habe auch mit Finanzschwierigkeiten zu kämpfen. Vielleicht hatte der Herr in der Nacht über drückenden Zahlen gesessen, sein Schlaf war durchsetzt von deren schiefen Gesichtern, und im Morgen sah er mich, der ich ihm zu wenig zu arbeiten schien.

Ich will nicht ungerecht sein, Cicero!

# IV

Ich mag nicht mehr, ich will nicht mehr!

Sonst in meiner Freizeit bin ich glücklich und zufrieden durch die Gegend gewandert. Von kleinauf bin ich an die Natur gewöhnt. Ohne närrisch und schwärmerisch zu sein: Alle Berge und Täler der Gegend, die Dörfer, ja alle Häuser kenne ich. Mir bleibt ein gutes Gemüt.

Nun klingt der Wind nicht mehr wie früher, die Vögel singen mit einem Male anders. – Trauern? Für wen verändert sich nicht die Zeit, und wem ändert sich nichts? Nein, der bin ich längst nicht mehr, der am kleinen Dorfbach vorbeigeht und auf ihn spuckt – und ich meinte, wie mein weißer Speichel auf den klaren Wellen hintrieb, dem ich folgte im fröhlichen Knabenunmut, bis er an einem Strohhalm, der plötzlich im Weg steckte, zerriß, und ich meinte, wie er so hinschaukelte, ich hätte den Bach nach meinem Wesen geprägt.

Gestern nach der Schicht lief ich über eine Wiese, für

meine Schwester, die Geburtstag hatte, ein paar Blumen zu brechen. Margaretchen wollte ich nehmen, weil sie so hell sind und so schlicht. Mein nervöser Schritt schreckte einen Hasen auf. Sonst fiel er so leicht, mein Schritt, und aus der inneren Ruhe wie auf Samt, selbst auf der Straße noch.

Mit seinem braunen Fell sauste er durch das Grün und zog fast einen Strich durch die Wiesen, so schnell war er! Sein braunes Fell! Es erinnerte mich sofort an die braunen Stangen, die ich acht Stunden lang in einen Pfad geworfen. – Wie ruhte dieser, der über Wiesen wegführte, im Dorf als Geißenpfad bekannt.

Das Geknatter der Maschine stob in mir auf. Der Hase lief schneller, hörte er es gar? Die Bäume zitterten. Deshalb? Sprang der Lärm aus meinem Empfinden heraus an ihre stillen Laubgestalten?

Die Berge ruhten ineinandergelehnt. Das Licht stäubte, wie aus verspäteten Blüten sich Staub und Duft zu feinem Regenspiel sammelt, während – daß ich daran denken muß! – das Werk aus großen Rohren feinste Staubkörnchen hoch in die Luft bläst. Er setzt sich nieder in der Gegend – nicht hier, sondern in E. Das Land wird mit der Zeit gar zuöden. Ich vergröbre gewiß. Und der Regen kommt doch immer noch vom Meer und wäscht das Land! Und doch habe ich gehört, daß durch diesen Dreck dem simplen Salat in den Gärten der nahen Häuser kaum noch Licht und Luft zu leben bleibt.

Heute sitze ich in meiner Stube und will nicht hinausgehn in den gleitenden Abend. Wieder sind die Berge zugerostet mit dem Lippenlicht des Sonnenunterganges. Blick ich doch besser an die Tapete meines Zimmers! Nicht hinausgehn will ich, Cicero.

Die Angst, daß plötzlich Sägen, die aus meinen Augen springen, in den Wald fahren, ihn mir niedermähn, hält mich. Daß die gezackten Eisenräder in die Berge rasen, daß der Kirchturm zersägt wird, schau ich ihn an, und die Landschaft blutet! Und sie liegt mir zerstückt am Boden, mir nur Cicero, mir nur, aus meiner Erinnerung.

Aushilfsweise habe ich heute an einer Kreissäge gearbeitet, wieder acht Stunden, ununterbrochen, mit einem alten Manne zusammen, von dem ich während der ganzen Zeit nur zwei Worte gehört habe: »Mehr!« und: »Genau!« Mehr Holzstangen über die Andrücklehne an die Säge zu halten, sechzig, siebzig, achtzig fünf Meter lange kopfdicke Fichtenstämme an das unheimlich kreisende Rad, vor dem ich mich fürchte, daß es mir, wenn ich hinausgehe, das Land zersägt, aus meinem Herzen und aus meinem Blick kommend.

# V

Ich will nicht mehr. Das war mir zuviel!

Rudi ist ein Bursche von vielleicht siebzehn Jahren. Ich hatte ihn früher nicht gekannt. Heute morgen, als ich mit einem schüttelnden Gefühl an die Säge kam, wurde er mir zugewiesen, er nannte mir seinen Namen, es blieb mir Zeit, zu bemerken, daß an seiner Nase noch eine Brotkrume vom Frühstück klebte, sah auch noch in Ruhe den aufgestickten Fleck Tuch am Ellbogen, er sagte mir auch zweimal seinen Namen, sein Alter schätzte ich. – Die Zeit blieb mir. – Dann stieg die Sirene auf.

Gut, dacht ich, daß der Junge den Alten ablöst.

Und dann brüllen, Cicero, weil viele Hände an Schalter springen und ihre Finger an Knöpfe drücken, die Maschinen auf. – Welche Maschinen? – Laß!

Unsre Kreissäge rädert. Ich hebe die Holzstangen an.

Der Kerl singt, Cicero, er singt wahrhaftig. Zuerst seh ich es am Mund, der sich öffnet, schließt. Von dort, vom Mund erhielt ich gestern immer das Gebrüll: »Genau!«

und »Mehr!« Deshalb schaute ich nach ihm, um zu sehen, was er befehlen würde: aber er singt.

Ich muß mich anstrengen, einige Fetzen zu erhaschen, armselige Menschenstimme, es sind auch billige Schlagerlieder. Nicht nur das Holz zerschneidet die Säge, auch seine Stimme. In zehn Sekunden ist ein solches baumdickes Stück abgeschnitten, es klotzt zur Erde. Berechne, wie lange man braucht, um es von Hand abzusägen! Die Stücke rollen hinter uns. Mädchenarme heben sie auf, bringen sie weiter in die Spanhalle zu anderen Maschinen, Spanhalle, so heißt der Raum.

Da stehen ringsum wie aufgestellte Götzenbilder, Cicero, schrankartige Maschinen, ganz Eisen, öffnen lange Rachen, in die dann Mädchen die Holzklötze stopfen – manche, ehe ihre Rinde abgeschliffen ist, daß sie glatt sind und glänzend –, sie gleiten in die Maschine hinein, werden zerfressen von scharfen Messern, zerkleinert, zerspant –

Wenn du, Weiser, der du vielleicht wie viele deiner Zeit gezweifelt an den Götzenbildern eurer Priester, leibhaftig kämst und sähst diese fressenden Eisenschränke – du knietest nieder vor diesen Götzen, die uns dienen und doch uns knechten.

Und Rudi – nach zwei Stunden hört er auf zu singen. Er scherzt mit den Mädchen, besonders mit einem fröhlichen Lockenschopf, mit einem kleinen lieben Mädchen, mit dem ich gerne einmal unter blühenden Bäumen gegangen wäre, ein andermal, wenn eine solche Arbeit nicht so drückt. Aber Rudi macht sie nichts aus.

Mechanisch arbeitet er weiter, wirft, während er den Stamm sicher mit der Hebetafel ans Rad drängt, Sägemehl gegen ihren Rücken, kurz, blitzschnell – wie das aufplustert und wegstäubt! – Jedesmal, wenn er trifft, kichert er. Sie wippt etwas verärgert mit dem Kopf, dreht sich kurz um, trägt dann wieder die Holzklötze herbei, schichtet sie auf – legt über die hinabgleitenden die Hand – dann wirft Rudi wieder – wendet sich der Säge zu – das liebe Blondchen!

Nun aber will sie ihm ans Zeug. Sie rafft mit der Linken ein kleines Stück Holz, die Rechte läßt sie ruhig auf den Klötzen liegen. Ich bedeute Rudi, ruhig weiterzusägen, denn er sollte gewinnen.

Offenbar wartet sie, bis er sich wieder umdreht. Nicht lang kann sie warten, dann muß sie neue Klötze herbeitragen. Wie schmunzle ich schadenfroh! – Und dann, Cicero, schreit sie plötzlich auf! Alle Maschinen überschrie sie. – Wir rannten hin, die anderen Mädchen von ihren Maschinen weg, klumpen um sie. Da liegt sie zusammengesunken und schreit. »Maschine aus«, brüllt Rudi. Zu dritt stürzen sich ihre Kameradinnen an den Schalter, greifen in der Hast zu dritt hin, stoßen sich gegenseitig ab – und hinter ihnen treibt ein Winseln sie an, peitscht mir in den Ohren, daß ich Atem suche. – Da jammern die Maschinen aus. Man hat den Knopf bewegt.

Cicero, ein Pferd überrennt nie einen Menschen, der vor seine Füße fällt, erzählt man. Und diese Maschine?

Gleich kommen Männer mit einer Tragbahre. Sie laden das bleiche Mädchen auf. Ich halte mich zurück, und trotzdem seh ich durch die Beinluken der Umstehenden, ach, einen blutenden Armstumpf. Alle schauen tiefernst.

Heute steht dieser Unfall in der Zeitung. Viele werden ihn lesen, ihn lesen, wie ich früher so etwas las – vielleicht mancher, wie er seine Kartoffeln ißt, wie er Pfeifenrauch von sich bläst. Malt er sich aus, was dann geschehen, wie der Schichtmeister aufgeregt hin- und hergeht, wie er und der Betriebsleiter aufgeregt wissen wollen, wie es sich denn zugetragen?

Sie hat nicht aufgepaßt, erzählen die Mädchen kleinlaut.

Ja, das stimmt, sie hat nicht aufgepaßt.

Cicero, wie ist ihre Mutter wohl erschrocken, als sie es erfuhr. Da ritt keiner hin auf einem lahmen Pferd.

Telefon!

Da schwingt ein Draht, an dessen Ende eine Muschel ist, in die man spricht, schwingt diese entsetzliche Nachricht in ihr Dorf, über zwanzig Kilometer weg, sie hört es aus einer Muschel, schwarz aus Kunststoff.

Ein Herz wird erschreckt, ein Herz trauert, aus alter Menschlichkeit, die bleibt.

Die Produktion muß weitergehen. Die Maschinen werden angedreht und sie laufen ihren Trott, alle arbeiten wieder.

Cicero, ich bin weggegangen. Ich habe mich weggeschlichen, es war in der letzten halben Stunde der Schicht. An der Drahtsperre des Werkes bin ich die Wiesen hinuntergeschlichen, gleich, was werden würde, ich konnte nicht mehr anders. Dann wipfelten Bäume auf. Friedliches Holz grünte säulig unter den Laubkuppeln – da fuhr die Säge hinein. Sie fielen um, auf das Blondchen, mit dem ich mich vor einer Weile habe unter Bäumen promenieren sehen. Wie ich ihr helfen will, reicht sie mir einen blutenden Armstumpf. Bei Gott, und so friedlich lag das Land – so ruhig. Die Weizenfelder gelbten schwer, Bienen summten, Hummeln. Die Sonne glühte ihren Kreis – wie wäre ich gerne aus aller Schwermut in ein Narrenkleid getanzt! Alles einzusammeln, diese Lichtfülle, mich zu ertränken, daß doch diese Bilder meines Erlebnisses nicht immer aus mir herausspringen würden, mir nicht alles erschreckten, was mir lieb und angenehm.

# VI

Daß der Nebel so ruhig aus den Wiesen steigt, und ruhig schwelen die Sterne – Rauschen jedoch, wie wir im Zug vorbeifahren; daß der Nebel nicht erschrickt im Morgen und die Bäume, die grauen, friedlichen, daß sie nicht zur Seite springen von dieser Schienenstraße weg, die man in ihre Wiesen gebaut!

Zur Schicht!

Schneller als ein Vogel sausen wir durch das Land, sitzen in Zimmern, wir, Männer und Frauen, lassen die Köpfe vor uns hinbaumeln, keiner verwundert sich über diese Fahrt, Cicero.

Einsilbige Unterhaltung. Jungen in meinem Alter erzählen von einem Fußballspiel, ein Mädchen erzählt von einem Tag im Schwimmbad, und sie zeigt ihre braungebrannte Haut.

Niemand verwundert sich über diese Fahrt, so selbstverständlich ist alles geworden.

Hing eine große Wolke im Fenster – hing ein Mast –

hängen lange Häuser, hängen Felder – und dieser Waldstrich ist vergangen – so ist es in dieser Eile, einen Gedanken faßt man, läßt ihn fallen und hat ihn vor Ewigkeit gefaßt und in weiter Entfernung. Ein Reh – es hebt seinen Kopf. Es läuft nicht weg vor dem Lärm, es gewöhnte sich daran. Die Natur gewöhnt sich daran und auch wohl ich einmal. Jeden Tag bin ich zur Universität gefahren, nie kümmerte ich mich so um unsre Maschinenzeit, nie schmerzte sie mich, wie jetzt, da ich sehr mit ihr zu tun habe.

Mich brennt noch der Schlaf, wie wenig Ruhe gab mir diese Nacht! Immer kam mir das Unglück mit dem Blondchen unter die Wimpern.

So oft bin ich als Vertreter in meinen Ferien durch diese Gegend gestrichen, habe mit gutem Erfolg Versicherungen gemacht. Eine Gesellschaft zahlt bei Unfall und Krankenhausaufenthalt einen Schichtlohn für den Tag nach einem minimalen Monatsbeitrag.

Meist besuchte ich neugebaute Häuser, bewunderte die Vertäfelungen an den Wänden, ehrlich und auch aus Händlerlist; ich lobte und konnte so leicht einen Faden knüpfen, die Leute für mein Geschäft einzuspinnen.

Nie habe ich gewußt, woher diese Vertäfelungen kamen.

In diesem Werk werden solche Holzfaserplatten hergestellt, grob erklärt: Schwere Autos bringen große Mengen Holz aus den reichen Waldgebieten, sie werden abgeladen und durch viele Maschinen des Werkes gejagt, zersägt, zerspant, zerkleinert und zersiebt, getrocknet in großen Trockenkammern, soviel weiß ich schon. Gestern hat es mir einer erzählt, der meine Gemütsverfassung sah nach dem Unfall und mich ablenken wollte.

Die Holzfaser wird durchleimt, in großen Eisenformen werden sie über lange Fließbänder in Pressen gebracht, Eisenkolosse – und zwanzigweise werden sie in sie gestapelt durch komplizierte Ziehvorrichtungen, dann zu Platten gepreßt, eine lange Fließbandarbeit.

So wie die Autos am Holzplatz einfahren und das Langholz, Fichten und Buchen abwerfen – so fahren sie oft nach vorne und lassen sich mit diesen Platten beladen. Nur solche Platten werden hergestellt in diesem Werk, das in einer Länge von dreihundert Metern sich hinzieht an der Straße entlang.

Mir ist es verhaßt durch diesen Unfall, es ist ein fester Entschluß: Nie wieder werde ich in einem solchen Werk arbeiten. Nächstes Jahr will ich wieder Versicherungen machen, will ich in die neugebauten Häuser gehen, zu jungen Leuten, die vor dem Leben stehen.

Werden mich die Vertäfelungen nicht an die viele Arbeit erinnern, daß ich mich schüttele, statt zu loben? Und wenn nur ein roter Fleck heraustönt, fällt mir nicht ein: Das Blut des Blondchens?

Und ich schüttle mich innerlich, ich will den Schrei nicht mehr hören!

Cicero, was so ein Bahnhof ist, davon hast du auch keinen Begriff. Der Zug hält, die Türen werden von uns aufgestoßen, wir treten die Treppen hinunter – da steht ein Gebäude mit grauem Schieferdach. Wir ziehen aus unseren Taschen kleine Karten, ein Mann mit Mütze schleust uns durch einen schmalen Ausgang, wir zeigen ihm die Karten. Am Montag hat er ein Loch hineingeknipst – er macht einen gelangweilten Eindruck – wie auch wir, einer Hammelherde gleich, ach Tiere, Hammel sind glücklicher – mich ekelt das alles an.

Ungläubiges Gesicht, Cicero, es ist dein ungläubiges Gesicht, das mich anblickt, wie ich alles spreche. Ja, höre weiter!

Das Werk öffnet seine Tore. Guten Morgen und Guten Tag sag ich zu mir selbst. Schicht.

Der Vorarbeiter hat gemerkt, daß ich gestern die letzte halbe Stunde geschwänzt habe. Er brummt, wirft mir Faulheit vor, meint, wenn wir in unserer Schule nicht mehr gelernt hätten, als nur recht fein zu kneifen, so hätte er keine Lust, seinen Jungen hinzuschicken – jawohl, obgleich er sehr begabt sei. Nein, nein, ich dürfe heute nicht an der Säge sein, ich soll zur Hackmaschine. Gern gehe ich dorthin, denn in der Spanhalle muß eine drückende Stimmung herrschen nach allem.

Und ich lasse mir wiederholt vorwerfen, daß ich faul sei, als hätte ich es nicht schon dutzendweise von meinem Lehrer gehört. Aber das durfte ich dem Manne nicht sagen, der den Kopf in den Wind streckte und nach Regen schnupperte, selbst wenn er daraus wissen sollte, daß er deshalb keine Bedenken zum Schulbesuch seines Jungen zu haben brauche. Hier war es etwas anderes, was mich drückte und lähmte, und das sagte ich nicht.

Nur dir, Cicero, stummer Weiser; mit verwundertem Blick über die Jahrhunderte seh ich dich zu mir blicken.

# VII

Es ist mir ein ernstes Anliegen, mich mit dieser Maschine zu verstehen. Bisher hatte ich nur mit Menschen zu tun. Wie stehe ich vor ihr in der langen Schicht, eine Säule, die sich dreht, bückt, wendet, und sie ununterbrochen füttert!

Als ich noch in der Volksschule war, habe ich in den Ferien auch arbeiten müssen. Ich mußte die Ziegen hüten. In der Nähe des Dorfes liegt in einen Berg gesteilt ein Steinbruch, wo die Arbeiter unterhalb am Hang das Geröll abgelagert hatten, wucherte Gras, Haselstauden fächern ihre großen Blätter, Ginster und Brombeerhecken schecken dazwischen, für blätterfressende Ziegen der rechte Weideplatz. Wir ließen die Tiere frei suchen, was ihnen schmeckte. Ach, aber Ziegen!

Meine Geiß, es war eine richtige Geiß mit einem Euter so lang wie ein Knabenarm – ich maß einmal – dicht über den Boden gezogen, ein Tier, das so jedem auffiel und durch einen fast ebensolangen gelblichen Bart – ein richtig hinterlistiges Subjekt, das seine Nase immer auf die umliegenden Äcker richtete, mit seinem verteufelten Spürsinn abpaßte, wenn ich nicht achtgab, dann ausbrach und die Runkelrüben der anliegenden Felder bis zur Hälfte aufriß mit ihren gelben Zähnen und im Klee ramschte.

So wie sie sich vor mir versteckte, tat sie es nicht vor den Leuten, die auf den Gewannen arbeiteten, und weil sie leicht zu erkennen war, so wurde ich manchmal zu Hause von ihnen verpetzt, wurde deshalb bestraft.

Ach, lieber einmal von Vater eine Ohrfeige dafür, als diese Arbeit, Cicero. Was sage ich dies dir und mir!

Ach so, dann aber fand ich mit der Zeit heraus – ich brauchte zwei Jahre! – wie diese Ziegenhinterlist zu brechen war, denn auch die Hinterlist hat ihre Gewohnheit. Sie stellte zuerst den Kopf, ließ das linke Ohr fallen, hob das rechte – stand so der Kopf, wußt ich, jetzt geht's gleich los! Und wenn sie nah der Weidegrenze stand, schleuderte ich einen Stein oder jagte sie durch Schreie und Händeklatschen zur Mitte zurück. Wenn sie aber meckerte, so: Mäh, mäh, daß die Stimme ausklingend tief nach unten zog, so wußte ich, sie will nichts mehr fressen, ist voll – wie wir sagten. – Und nach Hause mit ihr! – sich nicht lange ärgern über ihre Fluchtversuche!

Doch die Gewohnheit einer solchen Maschine!

Und damals!

Ja, und wie flimmerte die Sommerluft, wie glitzerten Spinnweben zwischen den Hecken, Beeren, kleine

Sonnen des Abends – Fingerhüte, in ihrer Zweifelfarbe von Rot und Weiß, wie schlief im Moos so mancher Baumstrunk, wenn die Wolken im späten Mittag einen Schatten breiteten, daß die herrliche Laubgegend gedämpfter dalag –, aber so ernst er war und so feierlich, nicht eines Vogels Lebenslust dämpfte er, die Amselstimmen fielen hell, mich rührte besonders – ich blieb jedesmal stehen, wenn ich es hörte, auch im wilden Spiel –, Lerche, dein Triller, wenn du hochschnelltest aus den nahen Feldern – mir Zeit zu lassen und dir nachzusehen, ein kleiner Sonnenfleck, der mit hellen Flügeln flirrt! Wie mächtig zog der weite Himmel die Augen empor, wenn er leer war und nur so voll war von seinem blauen wogenden Licht. Und die Weizenfelder waren nah und vertraut, stumme Gespielen jeder Baum, jeder Strauch – ich durfte jung sein! – Die Äpfel in einer nahen Reihe von Obstbäumen reiften – und es flockten wie spärlicher Schnee die Schmetterlinge durch die warme durchtränkte Luft, als dürften wir nicht vergessen, daß am End des Jahrs der Winter warte – Hummeln sammelten für ihr Nest den Honig, Bienen summten mit ihnen.

Wie schlug das Blut mit dieser Zeit!

Und wurde der Wind plötzlich wilder und ballte er sich, mit harten Schlägen gegen die Sträucher zu schlagen und gegen die Fichten, gegen uns, daß unser Haar aufstob, ein wildes Gefieder, wenn er Wolken jäh in den Himmel bauschte, scharfe, rissige, die ihre Kanten vorwärts setzten – so zog ein Gewitter heran – zu jung und dem Abenteuer verbunden, als daß wir Furcht gehabt hätten, daß den Feldern Schaden geschehen könnte –, warteten wir und schauten empor. Ja, den Raben hätten wir uns gerne als Brüder gesellt, um mit ihnen auf den Windstößen zu schwimmen, und wenn dann plötzlich ein Donner nach einem Blitz aus den Wolken schlug, so war es ein Ereignis, das wir begrüßten nach langem Nachmittag, nach langer Ruhe. –

Ach, dieser Donnerlärm der Maschine!

Ach, dieses Sägemehl, das hier schwirrt! –

# VIII

Cicero,
wie ich so viele Abende erlebt damals, so wollte ich mir wieder einen gönnen in dieser Weidegegend.

Und ich war nach der Schicht davongerannt.

Und nun greif ich mir ins Gesicht.

Nebel ist übers Land herabgeschleiert, kühl ist es, ja frostig, und wie ich hergelaufen, blies ich mehr als einmal über die Finger; Regen rieselt, ins Ohr springen die Tropfen, und schau, wie sie zerplatzen über den glatten Steinen. So grau und verhangen alles. Lerche, höre ich dich nicht? Goldammern, euch gehörte das Erlengesträuch. An einem Blatt oder Zweig will ich ziehen, und ihr beginnt zu singen. Lächelnd über mich rüttle ich einen Zweig – und Tropfen fallen einsilbig.

Wo ist der goldene Abend? – Ich bin in Sehnsucht zu ihm hergelaufen, in der Erinnerung war er mir so lebendig, daß ich gar nicht merkte, wie trüb der Tag liegt. Keine Ziege weit und breit. Wenn ich mich betrügen will, nehme ich den weißen Nebel als einer großen Ziege sanftes Fell.

Was nützt es?

Ja, wir zogen sie an den Halsketten herauf, wir selbst riefen und sangen. – An einer harzenden Fichte zündeten wir an solchen Tagen meist ein Feuer an und wärmten uns, an sie setze ich mich heran und lasse mir ein Feuer brennen, ohne daß ich ein Streichholz rühre, ohne daß ich Holz beitrug. – Der Zeit häng ich nach, der toten, toten Zeit.

Meckerte es nicht?

Nein, zu Hause standen sicherlich unsere Ziegen im Stall, der Kälte wegen. Meine Brüder brauchten sie nicht auszuführen und keiner ihrer Freunde, sind wohl zimperlicher geworden!

Und meine Freunde sind in der Welt draußen, sind erwachsen, alle, die mit mir damals hier herumsaßen um das Feuer. Damals hatte ich keine gelehrten Bücher gelesen, kein Latein konnte ich, ich war ein Junge mit schmutzigen Fingern, mit rußverschmiertem Gesicht, aus Übermut bemalt.

Keine fremden Sprachen konnte ich, nur die Mundart sprachen wir, rauh und grob, und in mancher Geschichte waren wir uns freundlich.

Ja, die Zeit; viel Wissen habe ich mir in der Welt angeeignet, hatte diese Zeit am Steinbruch vergessen mit Ziegen und Blättern und Gras, mit Vogelstimmen in der klaren Luft –

Dich kannte ich nicht, Cicero.

Nur ein Räuberhauptmann aus unserer Gegend war mir bekannt, er hieß Schinderhannes, von ihm erzählten wir manches Gruselige.

Cicero, dich kenn ich nun, und mein Wissen, wie mein Kopf es fassen konnte, gehört mir, und nun kehre ich eines Tages zurück –

Warum bin ich traurig?

Kehre ich zurück von einer Maschine. Ja, ich brauche Geld, um weiterzustudieren, an der Universität mir weiter Wissen anzueignen. Wozu?

Wohin?

In die Hände blase ich mir, sie frieren – es brennt kein Feuer unter der Fichte, mit der Traurigkeit erlischt die Kraft, es mir vorzubilden, nur Wurzeln knorren im Gras, verquollen und schlangig.

Ist denn diese Zeit endgültig verloren?

Gewiß nicht, nein gewiß nicht. – Meinen Brüdern gehört sie noch.

Mit müden Schritten schleppe ich mich nach Hause.

# IX

Von B. ist die Kleine, die mir nun seit Tagen an der Hackmaschine hilft, der Vorarbeiter hat ein Einsehen gehabt und sie ständig bei mir gelassen. B., das Dorf gefällt mir aus einem besonderen Grunde gut. Im Mai war ich erst zu dieser Universität gekommen. Vorher war ich in Süddeutschland, habe mich aber mehr mit Mädchen gehalten, mich nur soviel um Bücher gekümmert, als nötig war, sie mit einem Wissen zu beschwindeln, das ich nicht besaß.

Kaum hatte ich mich an die neue Umgegend gewöhnt – in der zweiten Woche schon: Ich ging zur Studentenkantine, um mir Brot zu kaufen.

Ich stieß eine Schachtel aus Pappe mit einem Schuh, sie lag auf dem Trottoir so vor mir – und sie zischelte über die Straße, bog sich zur Seite, als sie an einen hervorstehenden Stein eckte und blieb, seltsam, gerade dort liegen, wo eine Studentin aus dem Labor kam und die Treppe hinunterstieg. Natürlich schaute ich sie mir an, die ich ja beinahe hätte um Verzeihung bitten müssen, wenn, ja wenn die Schachtel ihr ans Bein geschlagen wäre – wie sie mich ansah, verdammt, da wünschte ich es fast, denn sie gefiel mir.

Cicero, du warst nie in einem Film!

Das ist in einem Saal mit vielen Sitzen, vorne hängt die weiße Leinwand, auf der oft die schönsten Liebeserlebnisse in Bildern vollzogen werden, ja, aus einem Kasten wird Licht darauf geworfen, das Licht fällt durch ein Zelluloidband, und die Menschen gehen und sprechen, als sähe man sie natürlich vor sich – ja, das erklären! Da aber sind solche Blicke üblich, wie zwischen uns einer gewechselt wurde – jedenfalls schien es mir so etwas zu sein.

Du spürst, ich bin mutwillig.

Ja, ihr Römer, nicht zu wissen, was ein Film ist.

Am gleichen Abend besuchte ich ein Konzert. Auf unsere deutsche Musik kann man sich etwas einbilden. Ihr Römer seid in der Poesie groß gewesen und, daß ich Dir, einem Kenner und Künder des Staates, es sage, wart groß im Staatswesen, und von den Griechen her seid ihr es in der Philosophie gewesen, aber ich bezweifle, ob ihr zu solchen Klängen gefunden wie wir, die Völker späterer Zeit.

Die Geigen rauschten, es war ein Fest – Sphärenmusik, das ist ein Wort! – sie erhob und trug die Seele. Mozart heißt der Musiker, der diese Töne erfunden, ein Orpheus, ein großer, Cicero, ein Apoll, Cicero. Da werde ich wieder innerlich still, wie ich daran denke, es lief in Schauern den Rücken herab – in diesem großen Gefühl hätte ich leicht blühende Gärten über die Erde gehaucht, im härtesten Winter selbst, Sternennächte hätt ich leicht mit einer Handbewegung erglühen lassen, Brunnen hätt ich emporspringen lassen – es ist eine erhebende Musik. Das war vor zwei Monaten.

Nach einer solchen Schicht ist es gut, sich daran zu erinnern, es entspannt. Am nämlichen Abend aber nach dem Konzert fuhr ich spät nach Hause. Mein Omnibus war schon weg, so mußte ich einen anderen nehmen. Und wen traf ich am Eingang?

Nämliche Studentin.

Doch was ist ein Omnibus, Cicero? – Ein Fahrzeug, das ohne Pferde läuft, und in dem junge Mädchen oft zurückblicken, wenn sie vorne in der Nähe des Fahrers sitzen und hinter ihnen junge Männer. Wie mutwillig erkläre ich! Ja, aus der Stimmung dieses Abends heraus – als der Omnibus aus der Stadt fuhr: Er überholte die Straßenbahnen, brummte durch die langen Gassen, gespenstische Schatten lagen da, in die grelles Licht aus Schaufenstern schreit. Draußen in der freieren Gegend durchstieß er die Nacht – mit seinen Stoßlichtern warf er sich Lichtbahnen voraus auf die Straße – und im Innern war alles erleuchtet, bleiches Licht über die Sitze werfend – Cicero, ehrbarer Weiser, du hättest Kopf gestanden, und draußen flossen Tonnen von Tinte vorbei, das Schwarz der Nacht, das kennst du, Cicero, Weiser aus dem Altertum.

Daß mir wohl zumut war, verstehst du auch, denn diese Studentin, die mir gut gefiel, blickte öfters nach mir. Beim Einsteigen hatte sie B. genannt, als ihre Endstation, und so nahm ich an, daß sie von dort sei. Während des Semesters habe ich auch erfahren, wie sie heißt. Und tatsächlich stammt sie aus B. Es fand sich nur keine Gelegenheit, sie einmal anzuflachsen. Aber morgen will ich einmal die Kleine nach ihr fragen, die mit mir an der Hackmaschine steht, sie hat mich nämlich zu ihrer Kirmes eingeladen, die nächstens ist. Eigentlich wollte ich gleich fragen, aber man ist besser etwas vorsichtig. Vielleicht wohnt sie gar in der Nachbarschaft, erzählt, daß ein Student, der ebenfalls im Spanwerk arbeite, nach ihr gefragt – nun ja, ein Dorf! Gleich nach der Schicht springt sie unter Umständen hin.

Ja, sie studiert Chemie, eine seltsame Wissenschaft, die mir, ich weiß nicht wie, in letzter Zeit ganz unsympathisch ist.

# X

Dem braucht niemand für den Augenblick Glück zu wünschen, wer sich so tief an die stille Welt eines Abends verlieren kann! Den ganzen Tag streute die Sonne ihr Licht, daß es in den Blättern schon braun anschlug, jeder Seufzer schien sich auszusparen, jeder Windzug sich im Lande zurückzuhalten, nur die Sonnenkraft nicht zu hemmen, die reifen soll, denn es sind ihre Tage.

Und verglüht sie, stehn alle auf, die vor ihrer Herrschaft geflüchtet, sich stiller gehalten, die Bauern schultern die Sensen – im kühleren Abend sollen die Ährengewanne fallen. Jungen eilen mit klirrenden Kesseln an den Gürteln die Hänge hinauf, über die sich die Wälder hinziehn, um in ihnen die süßen Waldkirschen zu pflücken.

Wie ich das betrachte, lobe ich mich fast, daß ich es wieder lerne, mit ungestörtem Auge mich hinauszuwenden.

Ja, und dort mit zwei Ziegen gehen meine Brüder zum Steinbruch hinauf, der von diesem Hügel aus besehen seine braune Wand hart an den Himmel setzt, sie tragen kurze Hosen.

Schau, wie das Tier an dem Jüngeren zerrt, es reißt sich gar los, und es rennt in den Klee! Er läuft ihr nach, na so recht den Stock vom Boden aufgehoben! Ei, ei, verdammt, er greift ihr ans Ohr, zieht sie, es ist zu weit von hier, um auch noch das Meckern zu hören. – Er müßte ihr ins Ohr schreien zur Strafe, denn bei einem lauten Schalle stehen diese Ziegen wie seltsam, schütteln und schütteln sich. Das weiß ich alles noch.

Und nun ziehen die Jungen weiter.

Einen schönen Abend wünsche ich: »Die Äpfel vom Pitter sind schon reif, klaut euch nur ein paar, sie sind gut.« – So rufe ich ihnen zu, lächle, da sie es nicht hören. Soll ich sie nicht heute aufsuchen im Bruch! Ja, ich weiß nicht einmal, wie unsere Ziegen genau aussehen, so selten komme ich in den Stall. Meine alte Ziege mit dem langen Bart starb vor ein paar Jahren, das weiß ich. Ja, ich trauerte ihr etwas nach. Die Buben in ihrem Spiel überraschen, zu belauschen, wenn sie Pläne spinnen oder sich Stöcke schnitzen, schätze ich nicht mehr.

Nein, nein, geh lieber nach Hause! Ich gehöre nicht mehr in diesen heiligen Bezirk von Ziegenhirten hinein. Mit Gelehrten komme ich, vergleiche meine mit ihrer Zeit – mein trockener Kopf ist wie ein Essig in einem Brunnen voll klaren Wassers, das sage ich, auch wenn du es bist, Cicero, auch bin ich müde und der Schlaf ist besser, darüber vergißt man.

Meine Arbeit liegt hinter mir. Sie richtet sich nicht nach Wind und Wetter. Morgens treten wir ins Werk und beginnen mit der unerbittlichen Sirene und hören mit ihr auf. Es kann regnen, wir merken es kaum, der Sommer kann sich zum Winter wandeln, arbeitend merken wir es kaum. Nach unserer Schicht, wenn wir müde und verschwitzt zu den Umkleideräumen gehen, fängt eine andre Gruppe von Menschen zu arbeiten an, Mittagschicht nennt man es. Und wenn sie fast bis Mitternacht gearbeitet hat, der Naturgesetze spottend – Lampen hat der Mensch sich geschaffen, keine Fackeln sind es mit offenen Flammen, bei soviel Holz wäre das Werk längst abgebrannt – unter ihrem elektrischen Licht schafft die Nachtschicht bis zum frühen Morgen, und die Frühschicht, meine Schicht, löst sie ab.

Bei diesen Lampen braucht man nur auf den Knopf zu drücken, und sie brennen. Was soll ich erklären, verstehe die Kraft selber kaum: Elektrizität. Selbst die Handwerker, die mit ihr umgehen, wissen es nicht genau, hantieren an den Motoren, die sie treibt, lenken sie.

Sie operieren mit Zahlen.

Laß mich!

Heute habe ich mich nach der Studentin erkundigt. Hoffentlich habe ich nicht zuviel Feuer merken lassen. Ich weiß, wo sie wohnt, wie sie heißt, wer ihre Eltern sind. Sie stammt aus einem Elektrogeschäft – Utensilien werden feilgeboten, die notwendig sind – ach Cicero, die Zeit ist unüberbrückbar.

Hoffentlich hat meine Kollegin nicht gemerkt, wie ich mich für sie interessiere – Wär sie nur dumm! Nun, hier im Werk gibt es wie überall dumme und gescheite Leute. Bei so vielen Maschinen entscheidet keiner viel, jeder verrichtet seine Griffe, halbe Maschine. Ich schätze mich nicht dumm ein, an meiner Maschine bin ich nicht mehr und weniger als ein Wirtssohn an der Säge unten, ein Halbkopf, der in der Art, wie er von seinen vorgeblichen Freundinnen spricht, heiteres Gelächter auslöst, wenn vor der Schicht eine Minute zum Scherzen bleibt. Ja, ich meine, nicht sieben Sätze kann er aus einem Sinn sagen.

Wie ich die Ziegen hütete, blieb mir Zeit, nebenher zu basteln, Spiele konnte ich erfinden – das fällt mir ein – und der Abendnebel klebt sich weiß an die Hänge, und immer hebt der Steinbruch sich braun an den dunkleren Himmel. Von meinem Onkel hatte ich gelernt, kleine Flugzeuge aus Pappe zu fertigen, die im Weitflug die meiner Freunde leicht übertrafen. Ja, belächle den Knabenstolz!

Einmal hatte ich mir eine Schleuder gemacht, mit der ich fünf Häher schoß, ein Schütze mittleren Könnens. Alwin, ein guter Schütze, traf fast alles, was er wollte, er lobte sie, sagte, sie sei besser gemacht als alle, die er bisher gehabt.

Längst ist die Sonne verloschen über den Gedanken, und ich schreite talab, Schritt für Schritt, ich lisple leise.

Und so wie wir haben die Menschen gewirkt, wie sie ihre Herden gehütet, dem Ackerbau nachgingen, Gerät um Gerät aus Notwendigkeit geschaffen und aus Verbesserungstrieb im Spiel – und endlich auch diese Maschinen, an denen wir stehen in den langen Schichten. Wie armselig, daß der Geist nur die Enge dieser Erkenntnis ausdrückt.

Jammern, jammern wäre noch armseliger!

Wie sind die Wolken herrlich, die im Monde aufsilbern, die Gestirne sind gewechselt. Mit dem Grillenzirpen, das in den Wiesen heraufhämmert und einlädt, ein Märchen zu erfinden – Himmel schick einen Traum! Er soll die Glieder lösen, die gespannt sind wie zu einer Flucht.

# XI

Mit den Schlossern des Werkes bin ich in Streit geraten. Sie sagten, ich bediente die Maschine nicht richtig, einer brüllte es aus seinem schwarzen Gesicht. Es sollte jeder glauben, mit dem Mechanismus sei leichter umzugehen, als eine Ziege zu hüten, wohl ein lebendiges Tier mit seinen augenblicklichen Mucken. Wie starr und unbiegsam ist dieses arbeitende Ding, und wie sehr leide ich daran!

Ist das Holzzeug nur etwas naß – in dieser Eile, in der ich arbeiten muß, kann ich nicht jedes Stück noch abfühlen und zur Seite legen –, so bockt die Maschine, zischt auf, und die Sicherungen schlagen durch, es kracht, als würde der Teufel zermahlen, ich stehe erschrocken, sehe zu, wenn die letzte Holzstange hochspringt wie ein Geschoß.

Zweimal hatte ich heute morgen die Maschine stehen. Die Schlosser bemühten sich um sie:

»Die Latten, die du eingeworfen hast, waren fast alle zu dick, deshalb sind die Messer so stumpf.«

Verdammt, der Kran bringt diese Latten doch herbei, also muß ich sie zerschneiden, zerschneide ich sie nicht, werden sie hochgestapelt, daß ich fast ertrinke unter der Menge. Nur was ich zu tun habe, muß ich tun. Ich bin ein Arbeitsglied. Natürlich sage ich das nicht, das behalte ich für mich, so klug bin ich schon.

Ständig heben sie den Deckel hoch – ich wende mich ab, das Innere soll mich nicht interessieren! Nicht sehen, wie es beschaffen ist! Vielleicht erklären sie es mir auch noch. Ich will nichts wissen, sie sagen nur: Hier und da!

»He, Kerl«, ruft der längste von ihnen, die Messer sind zugesaut, man meint, du hättest Eisen hineingeworfen.«

Ja, ja, ich bin auch stumpf, alles ist in mir zugestumpft, denke ich, halte meinen Rücken hin: »Ein so dummer Kerl wie du war noch nie hier, und wir hatten schon oft Studenten im Werk.«

Mich haben sie nicht mehr lange, Cicero.

Auch Fritz kommt und brummt, er merkt aber, daß ich ganz empfindlich reagiere und er sucht zu glätten.

»Ja, so etwas passiert jedem einmal. Wenn ich vorhin etwas rasch gelaufen kam, so meine nicht, ich hätte nur Eile gehabt, dich niederzudonnern.« Und er erzählt mir im warmen Tone, sein Kaninchen habe Junge geworfen. Was interessieren mich seine Kaninchen, was seine Witze, die er dann aus sich herausquetscht. Ich bleibe verschlossen.

Mittlerweile ist ein Mann aus der Schleiferei gekommen und hat die Messer gewechselt. Kaum arbeite ich wieder, kommt ein Mädchen, um mir zu helfen. Fritz hätte sie geschickt.

Sie war in der Spanhalle anwesend, als der Unfall geschehen. Und wie der Blitz ist sie dabei:

»Es geht ihr besser. Und der Unterarm ist nur bis zur Hälfte ab.« – Nur, Gott, nur. Ihre Mutter sei schwer zu trösten, der Vater im Krieg gefallen, ihre Arbeit der einzige Erwerb gewesen.

Sie meint, wie sie ihr sommersprossiges Gesicht weit vorstreckt: »Jetzt, jetzt, wenn du mit beiden Füßen aufs Band fallen würdest – zack, zack, macht es, und die Messer sind scharf.« Gern hätt ich ihr ins Gesicht gebrüllt wie eben der Schlosser mir. Sie weiß nicht, wie sehr ich gereizt bin. Und dann mit dem einfachsten Gesicht: »Überleg einmal, sie hatte einen Freier. Ob der sie jetzt noch haben will. Eine Hausfrau mit guten Leistungen ist sie ja nicht mehr.« – Mit guten Leistungen!

Beim Teufel, ich suche unter meinen Freunden, wer denn so edelmütig sei: Selbst gepreßt, gereizt, bin ich bereit zu helfen, greife aber nur um mich herum, nicht selbst nach mir.

Ach, ich edler Mensch!

Hör auf, Mädchen! wünschte ich, wagte es nicht zu sagen, denn sie sind hier oft kurz angebunden. Da hilft selbst das Etikett »Student« nicht. Zudem wollte ich mich nicht noch mehr hineinsteigern lassen in Ärger und Reizbarkeit.

Den Wind laß ich durch die verschwitzten Hände wehen, sie macht es mir nach, das gefällt ihr.

»Woher bist du?« brüll ich, brüllen muß man, um sich verständigen zu können.

»Aus B.«, ruft sie zurück.

Ich sehe das Dorf nun plötzlich, während ich weiterarbeite – es liegt nicht weit entfernt, von einem kleinen Fluß durchflossen, spannt es sich wunderbar in einen Talkessel. Seltsam, wie ich die Holzstangen hochhebe und niederlege, schlage ich dem Kirchturm bald aufs Dach, bald dem Bahnhof, daß er wankt – eine bekannte Straße läuft mit ihren Häusern auf dem Band davon – in den Schlund – wie so Wirklichkeit und Vorstellung ineinanderfließen, wie ich Menschen sehe über Straßen, in Sonntagskleidern, weil ich schon oft zum Tanz dort war.

## XII

Cicero,
in eurem Staate wäre ich auch kein brauchbarer Bürger gewesen. Ich bin ein Nörgler, hätte mich vielleicht aufgeregt, daß es Galeerensträflinge gab.

Acht Stunden lang ein und dieselbe Handbewegung, ich bin es überdrüssig! Ich habe schon geflucht, es wird nicht besser, nicht besser, wenn ich es niederschreibe. Nur eins tun zu müssen, ist doch so einfach, sollte man meinen! Nichts anderes als auch eine Maschine bin ich bei dieser Arbeit, sie ist auf mich und ich bin auf sie angewiesen, wenn etwas geleistet werden soll. Die Maschine ist kein Mensch, kein Acker oder Feld, denn wann ist der Mensch sich selbst genug?

Und die Maschine gehorcht ihren eisernen Gesetzen. Man soll es nicht denken, sich damit quälen! Mit Ausdauer und Präzision muß ich bei ihr aushalten, es stumpft ab, abends bin ich so müde, nicht nur meine Kleider will ich ausziehn, meine Haut noch mit.

Es drängte mich mit vielen Gefühlen zu einem Besuch bei meinem Großvater.

Es war Abend, der greise Mann kam vom Feld. Ich lag auf der steinernen Haustreppe, die Lider halb geschlossen. Leis floß die Luft und im fallenden Dunkel lag die Dorfstraße. Vereinzelte Wolken schwammen im Himmel. Aus dem Kirchturm flogen Glockenklänge, um lebendig zu sein im Wind mit ihren unsichtbaren Schwingen, statt der Vögel, die längst in die Gärten und in die Bäume fielen, in ihre Nester. Kaum, daß ich es hörte, kaum daß ich die Hand hob, Mücken wegzuscheuchen, die sich ins Gesicht setzten, ich lag müde wie Staub.

Großvater kam über das Pflaster, blieb vor mir stehen, drehte den Kopf im Dunkel und musterte mich. Ein wortkarger Mann. Er hob sein Kinn, ich erriet gleich, was er wollte, und schüttelte mit dem Kopf. Es geht mir nicht gut. Das sollt es sagen und ich gab mein Mitleid mit mir selbst zu verstehen. Etwas Abwechslung wünscht ich mir. Er hob die linke Hand lässig: »Was tut's!« übersetzte ich mir aus der Gebärde. Dann sprach er leis und heiser: »Heute haben wir drei Felder gemäht, auf drei verschiedenen Gewannen, am Gutenborn, am Wällerchen – am Wällerchen haben wir einen Igel gefangen. Weißt du, es gibt wieder Feldhühner dort. Du erinnerst dich doch, voriges Jahr im Herbst hast du mir die Kühe vorm Pflug getrieben, du warst zu Allerheiligen früher nach Hause gekommen, damals hatten wir schon zwei gesehen. Sie sind ja meist um diese Jahreszeit im Wald, in warmem Laub und Gestrüpp. Du Narr, bist ihnen nachgerannt, die Kühe sind aus der Richtung gegangen, die ganze Furche wurde schief. Und dieses Jahr, mein Lieber, waren es sieben Feldhühner.« Er lachte. »So gerne hätte ich gesehen, wenn du vor Schreck den Mund aufgesperrt hättest. – Kannst ja einmal nachsehn, an der Wiesenecke haben sie sich niedergelassen, mag sein, daß sie in den Hecken dort schlafen. Dir Schwärmer gefällt es doch sicher, wenn sie aufflattern und in das Dunkel davonschwirren, und wenn du sie nicht triffst, kannst du ja die Garben zählen, die wir gebunden haben.«

Ich zuckte mit den Schultern: »Müde!« Mir ist alles zuviel. Er stellte die Sense gemütlich an die Wand: »Ja, du hast Schicht. Ich muß noch die Kühe füttern und tränken. Heut morgen hab ich noch zwei Kühe beschlagen, ein Wagenrad aufgezogen.« Er hat eine Schmiede, ein Onkel betreibt in der Hauptsache das Geschäft.

Der Mann verschwand in den Stall. Gern hätt ich ihm noch gesagt: »Dann hast du in Ruhe zu Mittag gegessen, deine Pfeife gestopft, bist in deine Felder gegangen, frohgestimmt, das Tempo der Arbeit hast du selber gesetzt, kein Lärm hat dich geplagt – nur wenn die Sense zwischen die Halme fuhr.«

Lärm! Das durfte ich nicht sagen, er war ihn von der Schmiede her gewohnt, überhaupt durfte ich wenig sagen, seine Antwort formte ich mir in etwa vor: »Ja, wenn ihr Studenten einmal etwas arbeiten müßt! Was sollen die Männer sagen, die in den Hütten arbeiten, in den Gruben; sie verdienen ja nur so ihr Geld.«

Die Gruben! Verschon mich mit ihnen. Ich habe über zu viele Unfälle gelesen, nun einen erlebt, zu leicht spinne ich mir die schlimmsten Sachen aus und quäle mich. Schwächling! Die Menschen müssen alle einmal sterben. Gab es früher keine Unfälle? Fischer ertranken im Fluß, in den sie die Netze ließen. Bauern schlug der Blitz, wenn sie unter einer Eiche Schutz suchten vor dem Gewitter. Und für den Bauern, der in die Sense fällt, ist sie scharf und gefährlich. Moderne Maschine, dich also deshalb verfluchen?

Was hilft es sich so zu trösten, die Furcht ist schlecht wegzubringen, wie eine Krätze sitzt sie im Gemüt.

Mit solchen Gedanken lag ich auf der Treppe, stand dann endlich auf, weil ich doch nicht zu Rande kam mit allem, ging in den Stall, wollte mir von Großvater das Moped erbetteln.

»Wen suchst du?« fragte mich Großmutter, die unter den Kühen saß und melkte. »Großvater? So! Ei, der ist schon fort, ging in die Wirtschaft, du weißt ja, daß er sich abends gerne ein Glas Bier genehmigt.« Ich muß aber das Moped haben, um am Sonntag nach B. zu fahren, das Mädchen gibt mir in dieser Zeit irgendwie Kraft, der Gedanke an sie hilft mir. Hoffentlich treffe ich sie auch.

# XIII

Meine gute Jacke, die ich schon seit drei Jahren trage, ist dünn geworden, an den Ellbogen zerschlissen, deshalb bin ich zu einem Bekannten gegangen, der Kaufmann ist. Wir suchten in seinem Laden rechts und links in den Regalen, probierten und probierten, zupften und maßen – ich mußte mich vor einen Spiegel stellen, er musterte –, endlich paßte eine, wie angegossen. Die will ich tragen, wenn ich nach B. fahre zum Kirmestanz. Als ich ans Zahlen kam, stockte ich etwas: »Ja, weißt du, ich kann sie nicht ganz zahlen.« –

»Macht doch nichts«, antwortete er, »ihr Lateinmöpse habt das Geld ja nie recht zusammen.« Lateinmops, so nannte er einen, der deine Sprache studiert, der deine Reden gelesen hat, Cicero. Daran kannst du auch sehen, daß ich aus Not arbeite, nicht aus Spaß.

»Na, Mensch, schneid doch kein Gesicht, das macht doch nichts, du bist mir deshalb so lieb wie jeder andere, komm mit in mein Zimmer, ich gebe ein Gläschen aus«, lud er mich ein. Keinen Wein, Schnaps tranken wir, ein scharfes nordisches Getränk, Cicero, musterten seine Bücher durch, die im Schrank standen, blickten unter allgemeinen Gesprächen in den Garten, der unter dem Fenster mit seinen Blumen leuchtete. Als eine Pause entstand, die zum Gähnen gerade lang genug war, holte der Kaufmann ein Schifferklavier von der Wand, spielte munter drauf los. Volkslieder, Ländler – moderne Tänze – so solls an der Kirmes sein!

Ich saß auf meinem Stuhl, sah zu, wie er durch die Stube ging, durfte mir dies und das wünschen. Ein schöner Zug von einem Gläubiger, seinem Schuldner zu zeigen, wie er ihm gewogen ist, er spielt ihm sein Zutrauen vor, auf einem Instrument!

Instrument! Instrument! Weiß der Teufel, daß ich nicht los kann! Das ist doch auch eine Maschine.

Die Finger flogen über die Tasten, von Zeit zu Zeit griffen sie langsam, wenn er ein neues Lied begann, zu den Knöpfen, mit denen die verschiedenen Tonarten eingestellt werden – eine angenehme, sehr angenehme Maschine.

Um diese Lieder zu spielen, konnte er das Instrument ja auch nicht auf einen Stuhl stellen, in den Garten laufen und sich unter einen Baum legen, nein, er hielt es fest über die Brust gespannt, zog es auseinander, daß es mit seinem Lederbalg Luft zog, und spielte, drückte und fuhr mit den Fingern blitzschnell über die Tasten, immer, immer! Eine Arbeit eigener Schönheit!

Ist es kein Lichtblick für mich den Schwarzseher!

Instrumente sind alt, uralt, und ich saß auf einem Stuhl, ich saß an einem Tisch, warum also, läppisch, läppisch, ängstlich bin ich und war ich, dieser Tag war ein Gewinn, ein eigener Gewinn.

# XIV

Fast werden es vierzehn Tage, daß ich im Werk arbeite. Jeden Tag zähle ich mit saurem Gesicht vom Kalender, reiße das Blatt ab. Es gab schon Tage, an denen ich arbeiten konnte, ohne daß etwas Besonderes geschah. Waren sie nicht noch schwerer zu ertragen?

Aber was heute geschah, hat mir gerade noch gefehlt!

Während der Schicht gibt es zwar eine Pause, doch heute morgen, als meine Maschine wieder stand, nahm ich einfach das Butterbrot aus der Tasche und biß hinein. So schlenderte ich zur Werkstatt und rief die Schlosser. Sie kamen mit, standen an der Maschine und lamentierten und ich setzte mich ruhig auf den Boden und kaute. Die Maschine ist fast ganz kaputt, hieß es, zwischen ihren Flüchen, ihrem Keuchen kam es heraus.

Macht nichts! dachte ich.

Der gußeiserne Rahmen ist gesprungen. Sie glaubten, nur durch meinen Mutwill sei die Maschine so mitgenommen, ich würfe zu ungelenkig Holz hinein. »Na, aber hört mal, ich habe ganz gewöhnlich Holz eingeworfen«, sagte ich. Ihre Gesichter blieben gleich ernst und ich kaute weiter: »Meinetwegen kann die Maschine fünf Wochen lang unbrauchbar sein, mich schert das wenig.«

Sicher bin ich ein Tagelöhner, was mehr! Die Schlosser entrüsteten sich auch nicht, weil ich das sagte, sie selbst sorgen nur soweit für die Maschine, wie es die Schicht verlangt – großes Eigeninteresse kann ich nicht bemerken. Trotzdem gehen sie behende daran, sie wieder in Gang zu bringen. Sie schrauben das Gehäuse auf und heben zu dritt einen Eisenklotz mit verschlungenem Räderwerk heraus, verschwinden damit in der Werkstatt.

Ich kaute weiter. Der Apfel aus Großvaters Garten, so gut wie Orangen schmeckte er. Einmal zu gähnen in Ruhe, sich verwundern, daß der Himmel so blau über dem Werk gespannt ist. Schwalben ziehen Bögen, taumeln herab, sehr schnell. Neidisch blickt man den Vögeln nach, so ein Federkleid und die weite Sicht des Himmels zu haben statt des Arbeitskittels und angebunden zu sein an das Fließband! Woher und wieweit fliegen die Vögel, ihre Nester, die unter den Häuserkandeln sich reihen, meist an alten Häusern in unseren Dörfern, leben nun mit der Brut, vielen kleinen Schwälblein. Mit ihrem Trieb, zu muttern und zu sorgen für die Jungen, Schnaken zu jagen in der Höhe und Fliegen, zugleich Herrlichkeit und Freiheit – das ist es! Das ist es!

Um mich herum Sperrholzreste – das leichte Holz,

soll ich es nehmen, soll ich mir Flügel bauen, soll ich die Luft erschwingen –

Plumper Bauer, du kaust dein Brot weiter, ich plumper Bauer, wen würde ich nachahmen?

Schon habe ich des Apfels Kerne ausgespuckt, sie fallen ins Sägemehl – in den großen Haufen. Auf einer Wiese sollte ich liegen, an einem Waldrand, wie sonst oft an Sonntagnachmittagen, den Gedanken abzuweisen: Aus den Kernen wird ein schöner und großer Baum wachsen. – Seine Krone wird im Winde schwanken, und im Regen werden die Blätter murmeln!

Hier im Sägemehl wachsen leider nur Disteln, in kurzem Wuchse, spärliche Stangen, meine Ziege hätte lieber gemeckert über einen ganzen Tag, als einmal nur die Zunge danach gestreckt!

# XV

»Sagen Sie, mein Herr, was Sie sich hier leisten, geht nicht. Kommen Sie einmal bitte mit.«

Der Betriebsleiter überraschte mich so. Ich mußte mit ins Büro gehn. Wir gingen durch das Werk, die Mädchen kicherten mir nach, ob ich ein solches Gesicht schnitt?

Im Büro verfuhr man nicht hart mit mir! Ich bin nur so unendlich empfindlich geworden: »Es darf während der Arbeit nicht gegessen werden«, sagte der Herr ruhig und sah mich lächelnd an.

»Die Maschine gab auf«, erwiderte ich.

»Das nützt nichts, Sie müssen sich in einem solchen Falle an Ihren Vorarbeiter wenden, der Ihnen eine neue Arbeit zuweist, bis der Schaden gebessert ist. Wo kommen wir sonst hin? Sie sind Student, sehen Sie zu, daß Sie Ihrem Stand alle Ehre machen, die Arbeiter schauen nach Ihnen. Später werden Sie sicher eine bessere Stellung im Leben haben, beweisen Sie sich ihrer jetzt in einer harten Handarbeit wert. Ich habe auch in meinen Ferien arbeiten müssen. Nun, gehen Sie wieder!«

Gut, schön, dachte ich, war aber doch etwas verstimmt. Mir wächst ein Wasser zusammen, das mir bis zum Hals geht.

Cicero, auch Großvater habe ich diese Geschichte erzählt, der Mann sah mich mit guten Augen an, lächelte leise, sonst nichts, er hätte mir aber auch sagen können, daß so etwas nicht geht.

An Stunden, in denen der Bauer seine Äcker pflügt, sollten Lieder gerichtet sein, auch an diese, da ihn Hunger und Durst anfallen, und er sich in Müdigkeiten eine Pause gönnt. Er kaut sein Brot und die Kühe malmen hinter den Maulkörben, mit den gejochten Köpfen stoßen sie nach den Mücken, die auf den gelben Fellen kleben, das Zeuggeschirr klirrt, die Ketten schwingen noch lange nach; eine Bachstelze, die nach Würmern sucht, fliegt an, wagt aber nicht zu landen. Die Kühe stoßen wieder nach den verscheuchten Fliegen, die zurückkommen und nicht aufgeben, so heftig, daß der Wind in einer Welle gegen mich schlägt.

Gerne, Großvater, hätte ich dich daran erinnert, wenn wir in der »Heck« waren – so heißt ein Gewann –, schräg hing nach dem Schar über dem braunen Ackerboden der Pflugbalken, auf dem ich saß, von dem ich die Füße herunterbaumeln ließ – und mitkaute, die frische Luft mittrank – und Apfelsaft –, der Tag mit seinem Licht uns ans Auge schliff, keine Edelsteine brauchten wir, die Gegend besaßen wir, Frühlingstage und Herbstabende. Gerne hätte ich dich daran erinnert, wie du einmal eine halbe Stunde und länger nachgabst, weil ich eine schöne große Maus fangen wollte und ihr im kleinen Loche nachgrub – »Tiefer«, hast du gerufen, »und noch mehr nach rechts«, und ich wühlte, »nicht so weit vor. Ei, beim Vinzenz, da brauchen wir ja gar nicht mehr zu pflügen, so eine Furche gräbst du, schade, daß sie schief ist.« Und endlich hatte ich das graue Tierlein. Es biß mir in den Finger, ich ließ es fallen, umsonst war meine Mühe. Sie schoß davon. Traurig sah ich ihr nach.

»Kennst du einen Fuchs?«

»Ja.«

»Kennst du einen Marder?«

»Ja.«

»Du hast gegessen, die Tiere haben auch Hunger.« Das war Frage und Antwort zwischen uns, du knalltest mit der Peitsche und ich verstand.

Gerne, Cicero, würde ich von dieser Arbeit im Werk weggehen, meinem Großvater in der Ernte helfen. Geld brauche ich aber, bares Geld. Nichts habe ich ihm gesagt, als ich ihm die Geschichte erzählte, nichts von diesem Wunsch, er hätte sicher gelächelt: »An solche Sachen erinnerst du dich, ich meine, du bist doch etwas älter geworden.« Ja, das bin ich, muß mich weiterbilden und brauche Geld. Würden die Bergleut im Dorf in die Gruben fahren, wenn die Äcker genug Halme trieben und die Ähren ausreichend reiften? So ist es.

Es wird nicht besser, und wenn ich es zehnmal seufze.

## XVI

Heut ist Sonntag. Großvater hat mir das Moped gegeben, wir fahren nach B. Gerd, ein Freund, will mitfahren. Ich kann den ganzen Nachmittag schlafen, müßte ich den Weg zu Fuß gehen, müßte ich jetzt schon aufbrechen, wandern den ganzen Nachmittag lang, so kann ich den ganzen Nachmittag schlafen, fünf Stunden schlafen, schlafen! – Das Moped bringt mich in einer halben Stunde hin.

Ich belehre mich von der richtigen Seite, ich habe es gelernt, mir zu helfen, es ist gut, daß ich mich mit den besten Gedanken beliefere.

Verwandte kommen zu Besuch, ich versteh zuzuhören, wie meine Mutter mich lobt, daß ich in E. arbeite und mir ein schönes Stück Geld verdiene. Mir gruselt dabei – denk ich an den Preis, denke ich daran, wie sehr ich an die Arbeit gebunden bin, meine Geschwister sind bei dem Besuch im Nebenzimmer, ich höre, wie eins nach dem anderen erzählt, wie ich aussehe, wenn ich nach Hause komme. So erfahre ich, welche Grimassen ich schneide, wie mein Haar zerzaust herumhängt, wie ich mich hinter den Ohren kratze und manchmal brumme. – Das ist Nervosität, kommentiere ich vor mich hin.

Mein Bruder Erwin ruft ziemlich laut: »Er hat gestern Abend an seiner Uhr die Stunden nachgezählt, einmal nach unten, einmal nach oben.« Mutter fällt ein: »Es kommt ihn hart an, ja, das ist also ein größerer Verdienst, und weil er körperlich sonst nichts arbeitet, zeigt er während der Ferien wenigstens guten Willen.« – Sie sagen alle nur immer: »Er, er!«

Könnte ich nur von mir so erzählen: »Er«, das heißt aus mir heraus – nur nicht an diesem Abend, da ich nach B. fahre.

Ich sitze an meinem Tisch und schreibe mir das auf – so, nun werde ich schlafen, ich will gut ausgeruht sein für das Tanzen. Schlafen! Ich öffne das Fenster, da ragt das Nachbarhaus herein, rot, hell, freudig.

# XVII

Ich habe immer geglaubt, wenn einer nach einem bewegenden Erlebnis ausrief: »Das vergesse ich meiner Lebtage nicht mehr!« er übertreibt, heute könnte ich es selber rufen, bedaure, einem Freund nicht abbitten zu können, über den ich gegrinst habe.

Ich hatte schon ein unbehagliches Gefühl, als ich mich abends auf das Moped setzte. Durch die letzten Erlebnisse habe ich ein großes Mißtrauen bekommen gegen Maschinen.

Sommerliche Wolken, hell und leuchtend, sommerliche Wälder glänzend und heiter! Als wachse der Wind, so still lag er im Gras und in den Blätterkugeln der Bäume. In den Wiesen weideten Kühe, die gelben Felle stachen heraus, es kam mich an, tiefer zu atmen in dem warmen Duft. Wie immer liefen die Felder an den Bergen hinauf, neu im Jahresbild mit Garbenhäusern, ungemäht andere mit hohen Halmen. Sommerabend! Das Blut schlug in den Adern, wollte es einen Tanz über

Rasen und Weg? Das rote Licht sprühte, lud ein. Große Schatten breiteten sich aus und lagen so satt, Samt gleich. Ja, nur der Atem lebte als einziges Geräusch in der nahen Umgebung, lebt in der Brust, blies leis in die warme Luft.

Wie bewegt der Tag mit seinen Bildern, die in die Augen fluten, und es geht der Atem ohne Befehl, Seele, deine erste Freude. Zu singen, zu singen, das wäre es! Geht kein Riß durch die Erde oder den Himmel, müssen nicht plötzlich große Fahnen des Lebens aus der Luft herunterleuchten, ich bin doch so erfüllt von Freude und Hoffnung! Ein großer Bussard glänzt mit seinen Flügeln drüben über den Häusern, seinen Kreis zieht er so langsam, so ruhig. –

Und ich singe noch nicht! Ich kenne doch so viele Lieder, schäme ich mich. Spaziergänger, die vor Abend zu Hause sein wollen, streuen mit ihren Stimmen plötzlich in die Stille. –

Cicero, ich brach auf mit meinem Moped. Ein zweirädriges Fahrzeug, am besten würde ich es dir vormalen, würde es dir zeichnen, Weiser, aber woher rufe ich dich, zu wem spreche ich eigentlich, wenn ich deinen Namen nenne, doch es soll nur weiter aus mir weg! Moped. Pes, pedis heißt der Fuß – und die Vorsilbe mo stammt aus dem Wort Motor, ist eine Abkürzung, zuletzt kommt aber auch dieses Wort aus deiner Sprache, movere, heißt bewegen, ich lehre dich Latein? – Also bewegt der Motor mich, reicht aber seine Kraft nicht aus, muß der Fuß ins

Pedal treten an Straßensteigungen oder beim Anfahren manchmal. Wenn ihr auf euren Wagen gefahren, sieh, da lief ein lebendiger Fuß für euch, rassige Pferde zogen sie.

Auf den Sattel! Und ich umgriff die Lenkstange – an verschiedenen Schaltungen hantiere ich, da bellt das Fahrzeug auf, wie ein Hund, bellt, und durch Ketten getrieben läuft das Gerät, ich gebe Gas – wie ein Messer schneide ich in die Luft.

Sicherlich lag das Land weiter in seinem Frieden, wo aber bleibt er für mich, der ich fuhr mit diesem ewigen Gebell, das ich aussandte mit meinem Fahrzeug. Die Bäume sprangen zurück, Hügel buchteten heraus, blaßten zurück in Form und Farbe – am Rande des Auges nur erlebt und gesehen, auf die Straße achten, mit ganzer Sehkraft! Tückische Kurven! Häuser sprangen bald heran, das erste Dorf, und ich gleiche mir das Tempo aus mit der Hand, wie ihr den Pferden geboten habt durch die Zügel und durch die Peitsche. – Autos im Verkehr, die entgegenkommen und uns überholen. Vorwärts, vorwärts!

Gerd, ja, er ist bei mir, er hatte gewartet am Dorfende, auf seinem Moped, er fährt sicherer als ich. Ich überhole ihn einmal, er winkt, lenkt zur Seite, wir fahren durch das zweite Dorf. – Ob es so schnell ging, Cicero, ja sehr schnell, jeder, der dies lesen würde, und deshalb schreibe ich es auf für mich, würde lächeln, wie kindisch und lächerlich ich es aufzeichne. Ich weiß nicht, wie ich es richtig tun soll, aber es ist für vergangene Zeit und auch mit dir und deiner Zeit gemessen ungeheuer, es ist alles ungeheuer. –

Gerd winkt mir, lenkt zur Seite. Langsamer! Verdammt, ich soll den Opa im Lehnstuhl nicht ansehn, ich habe geschwankt, beinah wäre ich in ein entgegenkommendes Auto gefahren. Sieh den Pfeifenrauch eines alten Mannes, der vor seiner Haustreppe sitzt, ihn ins Auge zu nehmen, schon Gefahr! Ihn ins Herz zu fassen, den gemütlichen väterlichen Rauch – und schon wieder kommt es entgegen auf vier Rädern, eine Hütte aus Blech, mit harten Stoßstangen, grau in Farbe, ein vergötterter Eber, Cicero, wie soll ich vergleichen?

Kilometer um Kilometer gleiche Geschwindigkeit, ein Pferd hätte längst keinen Atem mehr. Bergauf, bergab, immer zügig, laß dir sagen, daß ich eine Flüssigkeit, Benzin, in den Tank geschüttet habe, die verbrennt, und wie der Motor sie verbrennt, wird Kraft, die über Zahnräder und Ketten geschickt geleitet wird, angewandte Stoßkraft, ich schäme mich fast, Cicero, wieder so mit einem Weisen und Gelehrten zu sprechen, doch im Winkel des Herzens bleibe ich stolz und sage, säß er nur wirklich vor mir, ich traute mich mehr zu sagen statt zu lächeln.

Kilometer um Kilometer gleiche Geschwindigkeit, es sind Landstrecken, diese Kilometer, in die ich das Gebell der Maschine bringe, ein Pferd hätte längst die Zunge auf die Erde verloren, wie sie wohl von Speichel weiß gewesen wäre.

Als hätt ich daran gedacht, Cicero, gewiß nicht! An Regina dachte ich, sooft die Straße nur lang und glatt hinauslief, gerade, daß ich die Lenkstange nur in Waage zu halten brauchte – so schimmerte ihr Gesicht auf.

Weg, weg, gutes, liebes Gesicht! Gerade weil du so angenehm bist, daß du mich weghebst von dieser Straße, bist du so gefährlich, denn sie bleibt, und das Ding läuft weiter!

Wir kamen nach B., im Tanzsaal tanzten etwa zweihundert Paare. Ich habe sie spät in der Nacht gezählt. Nur ihr Gesicht fand ich nicht, mit dem besten Willen nicht, auch auf dem Marktplatz fand ich es nicht, auf dem das Leben in bunten Buden und Trubel und kreischender Musik in den Abend brach, der von den Hügeln sanft herabglitt in schweren Schatten, der aus dem Fluß weiche Nebel sandte. Wir sind kreuz und quer gegangen, haben uns Rosen geschossen, haben uns Lose aufbinden lassen und versucht, noch so ein Marktstück billig nach Hause zu bringen, richtige Dorfkirmes, alles kräftig und ehrlich. – Nur, ich fand sie nicht.

Nach links und rechts bin ich im Tanzsaal getanzt, hatte gleich am Eingang mir das erstbeste der Mädchen zum Tanz gebeten. – Schöne Gesichter, liebe Gesichter lächelten – sie war nicht da, Cicero. Mit einem Fernglas in die Menge hineinzusuchen, was hätte es geholfen? Verzweifelt, wie ich ja auch darauf verfallen war, die Paare zu zählen, hätte ich mit ihm wohl eine tote Fliege auf der Erde betrachtet, die das Auge nur wahrnahm als Punkt. Ich hätte sie sehen können, mit ihren kleinen Füßen, die Augen hätte ich sehen können, so nah, verwundert. Wäre meine Verzweiflung gebrochen bei dem Ruf: Wie groß ist der Mensch, der ein solches Glas erfunden hat?

Ich kann nach Amerika anrufen, ich moderner Mensch. Durch die Ozeane sind die Telefonkabel gelegt. Flugzeuge – die Sage von Dädalus und Ikarus, wie Vater und Sohn mühevoll Feder um Feder mit Wachs zu Flügeln kneteten, Tag um Tag und mehr zur Nacht, weil die Menschen sie dann in Ruhe ließen mit Fragen und Mißbilligung, wie sie hinaufwollen in die klare Luft, zum Himmel und zum Licht, wie sie näher und näher an die Sonne sich mühen, mit den Armen, an die sie Flügel gebunden, wie mit jedem Flügelschlag und jedem Zug in die Höhe ihre Freude wächst – und wie die freundliche Sonne plötzlich das Wachs schmilzt, das die Federn hielt. Geblendet und vernichtet sinkt Ikarus zurück in die Wellen des Meeres, ertrinkt. – Flugzeuge – wir haben den alten Wunsch der Menschheit verwirklicht, wir fliegen mit großen Eisenflügeln.

Geh mit mir aus diesem Trubel des Saales, Cicero, oder sonst ein Mensch, gleich wer, der fremde Nachbar, der aus einer Flasche trank und eine Zigarette rauchte, besser aber du, Cicero, unsichtbar an meiner Seite, von dir glaube ich, daß du dich verwunderst, der Nachbar nicht, er lacht mich aus: Hörst du, wie die Flugzeuge über das Land hinbrummen in der Nacht? Aus England kommen sie, aus Indien – in wenigen Stunden. Geh mit mir in die Wirtsstube, ich will mich vor dir hochrecken, siehst du diesen Kasten auf dem Schrank stehen, drück auf den Knopf, spürst du, wie in der Scheibe Licht aufschimmert, hörst du, wie er brummt: Die Stimme, die herauftönt, kommt aus England, eine lebendige Stimme kommt aus dem Kasten, das ist ein Radio. Bewundere mich, Weiser, ich gehöre zu den modernen Menschen. Gewiß müßte ich die Wirtin höflich bitten, wahrscheinlich wäre sie erstaunt, daß ich einen solchen Wunsch hätte. Es ist doch Kirmestanz, der Teufel auch, dächte die rundliche gute Frau mit dem lebendigen roten Gesicht, so ein Bursche wie ich, der sollte tanzen, draußen sind noch die schönsten Mädchen, tanzen, tanzen! Bei dieser prallen, harten Blechmusik. – Die Wirtin erstaunte über die Bitte, nicht daß diese Stimmen aus Afrika kommen, die Stimmen aus dem Kasten, aus Frankreich, aus Rußland, von Kuba – es liegt auf der anderen Seite der Erde, sie ist nicht rund wie ein Teller, sie ist keine Fläche, sie ist eine Kugel. Eine Stimme hören, wie sie die schönsten Lieder ihres Landes singt, einen Redner, der zu einer Volkswahl spricht. Den Sender London etwa anzudrehn, die Hauptstadt Britanniens heißt so, und ich verstehe etwas Englisch. Mit diesem Gerät die ganze Erde absuchen nach Stimmen, ihre Stimme finde ich kaum, ich hörte sie allerdings schon öfters, sie heisert etwas und knarrt so seltsam. Musik zu hören, ich rühmte schon die deutsche – wunderbare Sphärenmusik, wie eure Dichter sie nur von übernatürlichen Wesen glauben, sie in ihren Versen preisen – herbeidrehn! Ich kann es mit einem Fingerdruck.

Ich tat es nicht. Ich saß im Saal an meinem Tisch und trank. So fielen mir etwa die Gedanken bei, wie ich sie aufschrieb, ein schönes gebauchtes Trinkglas hielt ich in den Fingern und drehte und drehte, stellte es auf den Tisch, betrachtete die Form – ein wunderbares Trinkglas! –

Prost! Gerd rief, als er vorbeitanzte, weiß der Teufel, er hatte Leben – daß ich gerade dabei etwas verschütten mußte von dem guten Wein, verdammtes Glas! – was brauch ichs – Gerd tanzt noch näher aus dem Saale herbei, Dorfkirmes, und da sollte man das nicht dürfen. – Und die Flasche an den Mund gesetzt, und prost! getrunken. Ich setze die Flasche zurück auf den Tisch – daß ich mich stieß dabei! – Was brauche ich auch diese Flasche – der Wein schmeckte, was beim Teufel, betrunken war ich, betrunken! Was brauchte ich den Wein, Wasser, beim Himmel, Wasser aus dem Quell. – So erinnre ich mich, so war es etwa. Nach diesem Tanz kehrte Gerd mit noch leuchtenderem Gesicht zurück: »Mensch, hast du die gesehen, mit der ich gerade getanzt habe! Die gehört ins Ballett!« Ich ließ ihn schwärmen, loben, ließ ihn meinen, das Mädchen spreche wie … wer erinnert sich schon daran, was so einer vergleicht. Natürlich hatte er ihr diese Artigkeit gesagt, natürlich hat sie geschmeichelt gelächelt. »Hör, dich soll man durchprügeln, bei so einer Tanzerei hier zu sitzen und ein Gesicht zu machen wie ein Regenwurm. Mensch, drüben am Tisch, die mit der goldenen Haarschleife.« Und so weiter und so fort. Er war nicht mit Erwartungen meiner Art hierhergekommen. Wieso auch hoffen, daß sie da sein müsse! Sie konnte genausogut auf Reisen sein, meinetwegen in einem Flugzeug hoch in der Luft.

Ich murmelte Gerd etwas von dieser Regine, von der Universität, was sie studiert. Ein alter Schnüffler ist er, gleich meinte er auch: »Na, wer die ist, habe ich gleich heraus, so groß ist das Dorf ja gar nicht!«

Wieviel Uhr war es, als er zurückkam? – Ich war schon eingenickt, es war schon tiefe Nacht, das spürte ich: »Also, mein Lieber, ich habe es herausgefunden, sie wohnt ganz in der Nähe, am Bahnhof, sie studiert Chemie, sie heißt Regine.« Ja, das wußte ich bereits. »Ich habe nämlich zwei Kusinen von ihr aufgestöbert, wenn man so sagen darf bei Mädchen, Mädchen findet man nämlich, trifft sie, mein Lieber. Auch die Kusinen sind sehr, sehr nett. Wenn sie so ist wie die beiden, die ich kennengelernt, so kann ich dich verstehen. Nur, sie ist nicht hier.«

Ich stand nicht auf, Cicero, und sagte zu meinem Freund: »Was nützt mir also der ganze technische Kram der Welt?« Zu Dir sage ich es, einem Weisen, der stumm ist. Und sie haben vielleicht auch einen Fernsprecher zu

Hause. – Ich klingle ihre Nummer an. – Sie kommt, wenn sie zu Hause ist, gar selbst an den Hörer, nennt ihren Namen, ich höre ihre Stimme ganz nah, wie ich sie vom anderen Ende der Welt hören könnte – sie fragt mich, was ich will. »Ja, ich wünsche Sie kennenzulernen.« »Wer sind Sie denn«, fragt sie mich, »wie kommen Sie mir vor!« Und sie hängt den Hörer ein, wenn sie es nicht als einen Scherz betrachtet und darauf eingeht in einigen Witzworten – geht kichernd in die Küche, erzählt es ihrem Vater, ihrer Mutter, oder gar ihrem Freund – sie könnte ja auch einen Freund haben.

Ich trank viel Wein an dem Abend!

# XVIII

Cicero,
dieser Montagmorgen! Wie immer war die Nacht ausgespannt, milchiger schienen schon östliche Himmelsstriche, die Häuser standen an den Straßen und blickten mit ihren Fenstern einander an, Betrunkene grölten und schwankten und verschwanden endlich. Zwischen zwei Häusern standen unsere Krafträder still und stumm und ich wartete bei ihnen, der Wein wich aus den Gliedern, mich fror, die Geduld wich aus dem Gemüt. Endlich kam Gerd aus der Dunkelheit, er legte mir die Hand auf die Schulter und sprach in den Wind, der leise aufzitterte: »Ach, jetzt habe ich vergessen, die Kusinen zu fragen, ob diese Regine schon einen Freund hat, du hast doch zu mir gesagt, ich solle sie aushorchen. Sei nicht böse, Mensch, mir scheint, dein ganzes Gesicht ist zum Vorwitz geworden, was soll ich denken?« Er sollte das denken, was er richtig erkannte. Ich ärgerte mich.

Wir ließen unsere Räder anbrummen, setzten uns darauf und fuhren, nicht lang. In meiner Wut, die mit jedem Biß des Rades auf die Erde und in die Weite des Weges wuchs und stieg, gab ich Gas – gab Gas, als wollte ich das Licht, das die Lampen uns vorauswarfen, das den Weg beleuchtete, die Nacht durchstach, einholen. Und der Wein trudelte immer noch schwer durch Kopf und Glieder.

Nach dem lauten Krach lag ich, dem Himmel sei Dank, mit heilen Knochen auf der Wiese. Ich hatte eine junge Fichte angefahren, auch sie war noch ganz, ich sah sie hinter mir, spürte Brennessel in meinen Händen, wand mich heraus. Nur mein Moped war auseinandergebrochen. Ich bin doch, stellte ich mit dumpfem Kopfe fest, mit dem Vorderrad in den Graben gesprungen. Der Graben gähnte, unschuldig. Lief hin und Wasser gluckerte durch, die Fichte zirkelte und schwankte noch, Sterne wollten tiefer fallen, die Wiesen duckten sich unter dem Nebel.

In den Morgen hineinzuschnarchen, liegen zu bleiben wie ein Tier, ein Wesen am Atem der Erde! – so ließ ich mich zurückgleiten. Den Eulenschreien das Ohr weit zu öffnen. Im Morgen zu erwachen, wenn die Sonne an die Augenlider wärmt, in die Taugräser hineinzuwandern, Kühe zu hüten, Schafe oder Ziegen! Einen bellenden Hund zur Seite, dem ich ein Stück Brot abschneide! Als Hirte selbst könnte ich zurückwandern nach B., das unten im Tale liegt, durch das ein Zug faucht!

Sich umzuträumen in einen Hirten, als ein moderner

Mensch, neben mir das durchbrochene Kraftrad, was soll es, was ist es!

Und ich trat nach dem Vorderteil des Rades, das ganz auseinandergebrochen war, bei einem toten Pferde wäre mir sicher Mitleid aufgestiegen. Ich nahm Vorder- und Hinterteil des Eisendinges, wirbelte sie aus einem eigenen Mutwill, der vielleicht größer geworden, weil durch den Bruch sich etwas in mir gelöst hatte, wirbelte und schwang sie über das Gras, es zischte, wie sie hinschleiften, die Gräser bogen sich im aufschimmernden Zwielicht. Gerd war weitergefahren, er hatte nicht gemerkt, daß ich plötzlich von seiner Seite verschwunden war, jetzt kehrte er zurück und suchte mit dem Licht umher. Er erschrak, als er gewahr ward und verstand, was geschehen, er fing zu lamentieren an, er fühlte mich ab, die Hände knisterten über die Glieder: »Gott sei Dank«, sagte er und schüttelte den Kopf. »Steh auf!« »Hier bleibe ich liegen, ich gehe nicht mehr zur Arbeit«, antwortete ich. »Steh auf!« sagte er noch einmal. Ich zuckte nur mit den Schultern. »Steh auf«, bat er endlich.

Ja, ich hatte mich verrechnet, denn plötzlich hatte er mich auf sein Moped gezwungen, und wir fuhren, langsamer als sonst, der Motor ächzte, schaffte es, nach einer Stunde lud er mich gerade vor dem Werk ab. Der Teufel hole es! »Strafe muß sein«, sagte er, und als er merkte, daß ich Grimassen schnitt: »Du hast einen Morgen lang Zeit, darüber nachzudenken, daß du mit freiem Kopf fahren mußt, und wie du deinem Großvater klarmachst, was geschehen ist. Da kommen ja schon die ersten zur Schicht. Du hast mit dieser Schicht einen Morgen mehr, für den Schaden Geld aufzubringen.« Dann knatterte er davon, der Rauch aus dem Rohr ringelte über die Straße. Ja, so ein Kraftrad! Es kostet soviel, daß ich zwei Monate arbeiten muß. Kein Butterbrot bei mir, in Sonntagskleidern zur Schicht, Armmenschenstimmung.

Montag. Erst um zehn Uhr, Cicero, als ich klarer wurde, merkte ich über der Arbeit, daß ich dem Tod entwischt war. Nur kurz blieb mir Zeit, mich darüber zu freuen.

Sie war nicht da! Sie war nicht da! wühlte es in mir. Mein schwerer Kopf! Keine Stützbalken stützten meine Lider, kein Kran hob sie mir. Gern hätte ich den Schlaf, der mich quälte, durch die Technik aufgehoben. – Lächerlich, es zu sagen. Ich arbeitete bei den Schlossern; durch dringende Reparaturen, zu denen Leute fehlten, kam es, daß ich herangezogen wurde. Es bestand ohnehin kein gutes Verhältnis zwischen ihnen und mir, eben durch die letzten Schichten an der Hackmaschine. Und diese Arbeiten war ich schon gar nicht gewohnt, ich hammelte mich hin an den Maschinen, an denen Zahnräder gewechselt wurden, benahm mich so läppisch aus meinem Ekel, der gerne diesen Maschinenkram angekotzt hätte. – Bumbs! Bumbs! Zweimal fiel einem guten Manne, der ein wohlausgeschlafenes Gesicht zur Schicht gebracht und lauter auf die Arbeit bedacht war, ein Hammer, den ich halten sollte, auf die Finger. – Er schüttelte den Kopf, der Kropf schwoll, er schrie nicht.

Andere Fehler kamen vor, größere, der Mann zeigte Geduld, mir wuchs der Ekel, und immer zu anderen Maschinen mußten wir, sie waren über den Fließbändern gebaut, wozu, was soll ich mir das merken! – na, und schließlich purzelte ich hinunter, als ich eine Schraube aufdrehte, blieb im Gestäng liegen. Der Mann machte nur eine Handbewegung, was solls schon! Ich rappelte mich auf, schließlich wurde mir, der ich noch nichts gegessen hatte, speiübel – und das hatte ich schon einmal getan! Ich ging aus dem Werk hinaus – zwei Stunden vor Schichtschluß. Große Augen der Schlosser. Ich vermute auch Gestänker, was ich verstehen kann.

Ich lag in der Wiese wie ein Stück Holz, und ob der Wind mir das Gras heranblies in Wellen, die Licht als Schaumkronen trugen, helle Blumen, und ob sie lind kräuselten – ich empfing sie nicht mit der Seele, kaum mit dem Körper –, doch ich trank die Luft, trank sie, da auch brach es endlich in mir auf, daß ich lebte, lebte, und in der Nähe das Dorf lärmte nicht, aus den Schornsteinen wehten die langen Fahnen der Feuer, die ein warmes Essen zur Mittagszeit gar machten, das den Bauern hinausgetragen wird aufs Feld, daneben das Werk, wie es sich hinzog, tosend, brummend. Nein, kein Schmetterling flog ins Ohr, den Lärm herauszuhalten und von der Seele, die gereizt war und wild und müd. Ich tröstete mich: »Ich lebe doch noch!« Und die Autokolonne über die Landstraße, Staub wirbelt unter den Rädern heraus, mir ins

Gesicht, und doch vor dem Lärm sollten die Blumen nicht die Köpfe sinken lassen!

Ein Flugzeug donnert heran. Ich warf mich herum im Gras und sah nach oben, so ein Schimmer auf grünen Wellen. – Welche Weltstadt kühlte zuletzt deine Räder, als du über die lange Flugbahn liefst, dich mit den Propellern in die Luft gehoben – London? Rom? Und ins Gras zurück das Gesicht und zurück zur Vergangenheit – an einem Brunnen rasteten die Alten, mit den Herden eine Tagreise durch die Gegend, und nun die Tränke, warmes schönes und gemütliches Leben. – Darf ich so sein, die Alten, waren sie nicht mutig, haben sie nicht mit dem Stecken dem Wolf in den Rachen geschlagen, nicht die Schakale gebändigt! – Immer noch das Donnern in der Luft, verebbend – Mut! Mut! Und wieder stört das Auge hinauf, und in den Adern bellt das Blut: Seine langen Flügel, sicheln sie nicht die Wolken?

Was sich in mir zusammenkrampft: Angst?

Nur, wie ich die Lider hebe, schwingt die Seele aus.

Ich konnte nicht anders, das sei auch gestanden, Cicero, wie ich es hinter einigen sonnengeschützten Büschen naß vom Tau schimmern sah, auszuatmen und zu fragen: »Läßt man den Tau noch dem Gras, kommt man nicht eines Tages mit großen Autos aus den Städten, um ihn einzusammeln, ihn in Dosen aufzubewahren, für Blumen an den Fenstern der Stadthäuser.«

Narr, der ich bin!

# XIX

Cicero,
mir sind Sorgen und Ärger gestiegen.

Ich glaubte, daß die Leute über mich spotteten, mit denen ich auf den Zug gewartet habe, wahrscheinlich haben die Schlosser ihnen erzählt, daß ich armer Wehwehchenjunge schon wieder aus der Schicht gelaufen sei.

Wenn der Geist einmal an eine Seite festgebunden ist, wird er auch zu ihr denken. Ich bin an zwei gebunden, Cicero.

Ich muß an jenes Mädchen denken, das ich nicht finden konnte, durfte – und an unsre Zeit, die in ihren drückenden Erscheinungen, ausgelöst von dieser Arbeit, nun einmal auf mir lastet.

»Guten Tag«, wie üblich grüßte ich zwei ältere Pensionäre, die in unsrer Straße wohnten und im Garten arbeiteten. Heute grinsten sie wieder, heute grüßten sie wieder nicht zurück. – Was hab ich denn verbrochen?

Sollte meine Schwester Recht haben, der ich es einmal erzählt, sollten die Männer nur deshalb so störrisch sein – nein, es war nicht das erste Mal! –, weil ich sie auf Hochdeutsch grüßte. Gewiß bin ich eines Bergmanns Sohn, den sie gut kennen. War es so schlimm, daß ich nicht im Dialekt grüßte? –

O ihr guten Leute, wo die Welt so klein wird durch Eisenbahn und Kabel und Flugzeug, wo soll eine Mundart sich noch so dreist erheben dürfen, da sich die Sprachen genähert haben. Gehe man doch nur einmal unsrer Hochsprache nach, wie sie zusammengewachsen, wie die Dialekte schwanden, durch Handel und Verkehr bedingt – soll eine Mundart nicht untergehen? Hätte ich zurückgehen und diese Predigt halten sollen?

O gewiß, was aus der Seele wächst wie die Pflanzen aus dem Boden, gilt mir, aber ich kann die Zeit nicht zurückdrehen, kann nicht, nicht einmal ein Mädchen kann ich, wenn es nicht ein Herzensgesetz ist, zu mir binden. – Es gibt Maschinen, ihr Männer, hätte ich dann sagen sollen, die in einigen Minuten perfekt aus einer Sprache in die andre übersetzen. –

Zur Arbeit gehe ich vorerst nicht mehr.

Feige bin ich, Cicero. Nur aus erschöpftem Geist konnte dieser Einfall kommen, aber jetzt ist alles geschehen. Vielleicht, wenn ich das Mädchen getroffen, hätte ich noch einmal Mut und Kraft erhalten, und es wäre nicht so gekommen. –

Niemand war zu Hause, wie gut, Cicero, daß du kein lebendiger Mensch bist, sonst würd ich es auch dir nicht gestehen – alle waren auf dem Feld – plötzlich aus allem Druck fand ichs: Und ich verband mir mit einer weißen Binde die Hand. Meinem Vater und den Geschwistern erzählte ich, daß ich einen Arbeitsunfall gehabt. Der Werkarzt habe die Genesungszeit so ungefähr auf zehn, zwölf Tage bemessen.

»So«, sagte mein Vater.

»So«, sagte mein älterer Bruder.

»So«, sagte meine Schwester.

Und die anderen Brüder sagten nichts. Ich habe viele Brüder, Cicero, ich brauche das Geld notwendig, doch ich tat es.

Wie düster fliegt die Nacht herauf! Die Fledermäuse sah ich eben noch den letzten Sonnenschein wegscheuchen. Jetzt sind sie untergetaucht, und wie ich auch zum Fenster hinaussehe, keinen Flügelschlag kann ich mehr erkennen.

Ja, und Gerd hatte mich auch noch zu sich gerufen, er erschrak, als er meine Hand sah. Wie ich in ihrer Waschküche das Moped liegen sah, das er mit dem Milchauto, das die Strecke fuhr, aus Freundlichkeit am Mittag nach Haus geholt hatte, kratze ich mich hinter den Ohren.

Was tun?

# XX

Nur hierhin, unter Hügel habe ich mich flüchten müssen, hier rufe ich allen Gedanken zu, die gestern noch dunkel in mir kauerten: »Wohin?«

Noch immer hat mir dieses Land gehört, aber ich habe es nicht recht geachtet. Dem Menschen gehören die Jahreszeiten, dem Menschen die Tage – mir gehörte dieser Tag. Wie er begann, begann ich nach langer Zeit wieder, mir selbst zu leben und mich selbst zu lieben.

Als aus den Tauwiesen der Nebel wegrollte! – Seltene wenige Sommerblumen noch, aber wer blühte nicht gerne auf als eine von ihnen, statt Mensch zu sein – und doch, darum bin ich gerne Mensch, hinzugehn in den weichen Schwung der Luft, wie Mantelwehn herabfallend, ein Glas, das man atmen kann, daß selbst die Seele durchsichtig wird, die sonst so dunkel.

Und der Felder Garben, wie brennen sie in ihren Farben, brennen sie, brennen sie im Licht des Morgens. Kühles Lied, das vom Himmel herabfällt aus Vogelkehlen – löste es den Tau ab, der versiegt scheint?

Die Pfade wackeln in zottligen Biegungen, und von Steinen blenden manchmal ihre Ränder. Staub, der unter den Füßen aufwölkt! – Bienen schwimmen über ihn hinaus, und Schmetterlinge taumeln an unsichtbaren Falten und Ecken der Luft hin.

Ich sang nicht, alles hielt ich fest in mir.

Ja, ich hätte ins Dorf hinunter gemußt, aber ich blieb auf einer Hügelkimme, legte mich ins Gras, Schatten deckte mich. Nach dem Schlaf brauchte ich nicht zu pfeifen, den Traum hat mir die Liebe verpachtet.

Sie heißt Regine, sie regiert mich, sie ist eine Königin!

Aber wie hab ich mich ihr entwunden, als ich aufwachte, nichts kann einen Menschen mehr niederdrükken: Ja, sie war nicht da, sie war nicht da, wo war sie denn? Gewiß mit mir, in meinem Blick.

Wie schritt ich aus, und als erst das Werk wieder mit seinem Lärm aus der Erinnerung zu stören suchte, wie schritt ich aus, mein armer Schatten schleifte über die Erde, und wär' er ein lebendiges Wesen – so hätte er nachher blutig gelegen. Ja, ich habe mir den Frieden erwandert, habe mir kreisende Sägen vom Gefühl weggehalten –

Friedliches Leben eines Dorfes – ich war ja ausgewandert, um Versicherungen zu machen – im Hochwald eingeschlossen, eines der stillsten des Landes hab ich ausgesucht, längst hätte ich eintreten müssen, wollte ich noch etwas erreichen.

Aber auf einem morschen Holzsteg setzte ich mich,

wohl konnte ich in meinem Dorfe so etwas auch erleben, aber hier war ich fremd und genoß aus einem neuen Gefühl heraus, keiner konnte meinen Eltern erzählen, wie faul ich wieder sei. Meine eingewickelte Hand hielt ich ruhig über die Lehne, vorübergehenden Leuten ins Auge, ich wollte als Genesender gelten.

Ich war es auch, wenn auch nicht an meiner Hand, ist aber die Seele weniger? Mit offenen Augen schlief ich und träumte die Häuser in mich ein. O der prachtvolle Jubel des Sommertages mit seinem flutenden Licht, der Wärme und dem singenden Ton hatte ihre Fenster eingedrückt und aufgebrochen. Mein Holzsteg schwankte!

Und der Tag schwankte, es knisterten die Vogelstimmen hell und wispernd, die Glocken riefen, es zu bedenken, der Tag schwankte und zerbrach. Plötzlich liefen Kinder im bläßlichen Nebel Glühwürmchen nach. Ich merkte, daß die Sonne untergegangen war, aber sie hat die Erde stark geschweißt zu meiner Liebe, und die Funken waren emporgesprüht, hingen als Sterne in der Nacht. Ich ging mit festeren Füßen nach Hause. Und der Mond quoll herauf und leuchtete aus, die Hügelketten zähmte er mit seinen Silbernetzen, still zu liegen. Ich schlug das Herz auf – o die ganze Welt durfte kommen, die Blätter und Bäume, die Straßen, die Garben, aber um ein winziges Stück Eisen hätt ichs geschlossen, hätt ich weinen mögen.

Es sind ja auch Autos am Nachmittag durch das Dorf gefahren, ich aber schloß das Auge, sah sie nicht.

# XXI

Heute konnte ich nicht so früh weggehen. Ein Feldhase hatte den Salat in unserem Garten ausgespürt und fand durch eine losgelöste Planke hinein über Nacht, unfaßbar eigentlich, da der Sommer draußen genug grünt und gräsert. Mutter verlangte, daß ich den Schaden behebe, ich fand erst keine Nägel. Und doch, ich fand welche. – Großvater hatte sie mit eigener Hand gehämmert, sie waren noch vom Krieg übrig, keine Maschine hatte sie in der Welt irgendwo gestanzt, und mir floß ein warmer Glanz aus den Nägeln ins Auge, ich mag den Mann so.

Aber, ach, was wird der gute Mann sagen, wenn er erfährt, daß sein Moped entzwei ist! Was werden erst meine Eltern sagen, wenn sie merken, daß meine Hand ohne einen Grund zugebunden ist.

Nur immer die Luft zu trinken, Licht, den Tag, wie er den Gräsern geschenkt wird. Das heilt! Heilt es die Sehnsucht aus?

Und wie ich losschritt, immer die lauten Straßen meidend, so war ich plötzlich in einem Dorfe ganz nahe von B.

## XXII

Cicero,
der Sommer läuft hin nach seinem Gesetz. Habe ich dir nicht einmal gesagt, daß die Menschen über die Jahreszeiten hinausarbeiten? Ich will mich verbessern, aber wir sind alle doch immer noch von den Jahreszeiten abhängig, denn in ihnen reift das Brot noch immer heran, durch die Technik aber sind viele arbeitende Menschen nicht mehr in ihrer Beschäftigung, in ihrem Verdienst.

Immer noch gilt die Kuh, die über die Wiesen weidet, immer noch glänzt die Scholle ehrenwert, und unter der Pflugschar quellen die langen Furchen heraus wie ihre Schwestern vor hundert Jahren und noch vor längerer Zeit. –

Wenn die Menschen tanzen, tanzen sie zu zweit als Mann und Frau.

Ich habe heute einer Hochzeit zugesehen. Das Paar ging zur Kirche, ließ sich trauen. Der Hochzeitszug kam über eine holprige Dorfstraße, ernst und einfach. Die

Glocken läuteten vom Turm herab, wenn er auch rissig und brüchig war, die Glocken konnten ihren Klang, und sie schwangen ihn sicher aus und unter die Wolken hin, Tauben schienen unter ihrem Fluten höher hinaufgetragen auf ihren weißen Flügeln.

Kinder sprangen von einem niedrigen Brunnen auf, wo sie sich gegenseitig mit Wasser bespritzt haben, standen ehrfürchtig zur Seite. Schlicht und verschämt die Braut. –

Auf den Bräutigam achtete ich nicht, ich gesteh es.

Natürlich dacht ich an sie! Natürlich dacht ich an sie!

Eigentlich könntest du meine Gedanken lesen, könntest wissen, was ich denken mußte, als ich die Braut sah in ihrem weißen Kleid und die Kinder um sie herumliefen und aus den Fenstern heraus Gesichter fragten, dann aber Glück wünschten – sie soll auch von mir gesegnet sein, der ich beiseite stand und Geld in meinen Händen drehte, ein Agent, ein Händler. Es läßt sich nichts ändern daran, dacht ich, ich will warten und hoffen. Die Zweifel können einen Menschen, der verborgen liebt, zwar sehr drücken – aber was hab ich damit zu tun, bin ich denn schon in Arbeit, wie lange habe ich denn noch zu studieren? Wie erlöse ich mich überhaupt von Großvaters Blick, mit dem ich den Ackerbau kennengelernt habe, daß ich ihn immer noch schätze, daß ich immer noch weiß, woher das Brot kommt.

Cicero, welch ein schlechtes Gewissen bekam ich, als ich einen Mann traf, der im Sperrholzwerk arbeitet, er band Besen, schlichtes Handwerk, er machte es sorgsam, er flocht das Reisig wie sein Großvater und dessen Großvater. – Wie war ich froh zu sagen, daß er Recht habe, sich selbst die Besen zu binden.

Nein, er ließ sie nicht kommen aus einer Fabrik, von irgendwo! Genau so, wie ich eine Hochachtung vor meines Großvaters Nägeln habe, die er gelegentlich macht.

# XXIII

Daß meine Ruhe wurmstichig ist, manchem Apfel gleich, der vom Baum fällt, wenn der Herbst kommt, das merkte ich heute erst recht wieder. Nur die Wiesen hatten den Morgen an mich gefesselt, mit dem weichen Gras, das die Füße umschlang und mich an die Erde hielt. Ringsum den Wäldern war ich verloren mit Blick und Ohr.

Es wird mir besser, wenn mich die Liebe zu dem Mädchen in B. nicht läßt. Aber was ist denn verloren bis jetzt, was? –

Und es kann doch noch gut werden, welcher Prophet und Hellseher hat mir denn gesagt, daß es nichts wird?

Und in einer solchen Anwandlung, die mich durchdrang, hatte ich mich aufgemacht und war ins Dorf hinunter gegangen. Auch dieses liegt in der Nähe Bs., Cicero, es ist wie ein Magnet. Aber noch geht es mir wie der Katze, die um den heißen Brei läuft.

Der Mann, den ich zuerst traf, daß er ausgerechnet im

Werk arbeiten mußte und mich kannte! Ich ging ziemlich forsch vor, grüßte laut und frisch, eine Art, die ich verloren hatte in letzter Zeit; aber der Mann schaute nur kurz auf und: »Wie, umgesattelt? Bist du nicht mehr bei uns? Ich habe gehört, du seist fortgelaufen!« Zwischendurch flocht er an einem Reisigbesen weiter und grinste häßlich vor sich hin.

Es spielte sich das alles vor seinem Hause ab, ein angenehmes Gebäude, weiß und grün angestrichen, mit eckigen Steinen war der Vorplatz gepflastert, und Ginsterhecken hatte er sogar an einen Zaun gepflanzt. Ich schaute ihm ins Gesicht und hoffte, er müsse doch bald erkennen, daß er sich getäuscht habe, daß er mich mit jemand anderem verwechsle.

»Unser guter Vorarbeiter Fritz weiß bis heute noch nicht, wo du geblieben bist. Warum hast du dich nicht abgemeldet, nichts, einfach verschwunden. Ich meine ja auch nur, mich geht es nichts an. Ja, Studentlein, Manieren sind es trotzdem keine.«

Erst stotterte ich, dann log ich ziemlich zusammenhängend und nach meinem Empfinden glaubhaft. Ich sei seit einigen Tagen sehr krank gewesen, und mein Bruder hätte bestimmt etwas gemeldet, ich wisse es sicher.

»Na, die Leute haben gesagt, du wärst ein Schlamper«, antwortete er. Er war ziemlich grob, immerhin hatte er eine Art, war gerade heraus, und ich muß sagen, wie er so seine Besen band, einen um den anderen – die er sicherlich verkaufte, neben seiner Fabrikarbeit einer Handarbeit nachhing, einem Handwerk, das hoffentlich nicht ausstirbt –, gab er mir einen Lichtblick für unsre Zeit, daß es das noch gibt.

Jedenfalls log ich so, daß er am Ende überzeugt schien, ich sei krank gemeldet, und ich käme nächste Woche wieder zur Arbeit. Ich besuchte im Nachbarort einen Studienkollegen, ich bräuchte einige Bücher, denn ich wolle die Tage nicht ungenutzt verstreichen lassen.

Ich raffte mir, nachdem er es erlaubt hatte, einige Frühbirnen auf und aß sie, sprach, während ich aß, immerzu, wollte so einfach sein, wie es nur ging, nur über das Werk erzählten wir, obwohl es mir an der Kehle würgte, denn alles drang sich mir noch einmal auf, noch einmal kam mir diese Fließbandarbeit an die Nerven – und ich hatte versprochen, in nächster Woche mit ihr wieder anzufangen. –

Wir kamen auf ein junges Mädchen zu sprechen, das ich gut kannte vom Sehen her. Er kam darauf, als er von seinem Jungen erzählte, der weggefahren sei mit dem Motorroller und bald zurück sein müsse. Er hoffe, daß er nicht zu ihr gefahren sei. Nein, erinnerte er sich, sie hat ja Mittagschicht, er sei höchstens ins Werk gefahren, aber er wird sich derlei Scherze Gott sei Dank nicht leisten können, denn er weiß doch genau, daß es eben nicht geht. Er verehre sie und sei ein strammer Freier. »Im übrigen ist sie ja auch ein ganz komisches Wesen.«

»Wieso?«

»Sie könnte doch genau so gut in einem Haushalt in der Stadt arbeiten, sie hat Angebote genug.«

Ich kommentierte für mich, da ist sie allerdings ein komisches Wesen und fragte laut: »Ja, was setzt sie denn entgegen, warum gefällt es ihr im Werk besser, mir soll doch keiner sagen, daß diese schwere Arbeit einer Frau gut bekommt!«

»Ja, du wirst lachen, aber sie sagte vergangene Woche, als er sie auf einer Sonntagsfahrt an die Mosel kurz mit seinem Roller hierhergebracht hatte: Erstens koste ihre Aussteuer etwas! Dann warf ich ein, aber in einem Haushalt hätte sie es bequemer, und ich würde gerne das hinzutun, was sie weniger verdiene in der Stadt. Da, an der Hand habe sie sich doch verbrannt. Darüber lächelnd gab sie den Grund an: ›Ich bin lieber an meiner Maschine, und wenn sie auch etwas heißes Wasser ausgespuckt hat, so ist es halt passiert, aber wenn ich in einem Haushalt arbeite, so weiß ich noch lange nicht, mit wem ichs zu tun habe. Es gibt Frauen, denen nichts recht zu machen ist. Ja, nur einmal den Fall gesetzt, ich lasse einen Blumentopf fallen, es setzt ein Donnerwetter ab. Und wenn der Wind ihn umblies, war es am Ende der Wind doch nicht. An meiner Maschine gibt es nur eins, erforderliche Handgriffe tun, und damit basta, da kann mir keiner etwas vorgaukeln, und hier meine Schicht, basta, kein Höflichkeitserweis, guten Morgen, guten Mittag, und gnädige Frau und gnädiges Fräulein Tochter.‹«

So etwas gibt es auch, dachte ich.

Aber als Frau, Cicero, hat sie doch verloren, die Wärme des Lebens, ihr Element. Die Zufälligkeit hat sie dem Trott hingegeben! –

Ich verließ ihn bald.

# XXIV

Cicero,
doch, doch, der Mensch hat sich verändert, als ein Doppelschlag will mir das Erlebnis scheinen, das ich heute morgen hatte, mir scheint, wenn einmal das Auge einen Anfang hat, sieht es weiter in einer Sache.

»Wie wird das Wetter heute, Reinhard?« rief ich dem Nachbarjungen zu, der aus dem Hause stürzte und die Türe hinter sich zuschlug. Er schaute nicht auf, nur auf sein Knie nieder, wo sich ein Stück Draht festgewunden, als er durch den Vorgarten lief. »Natürlich Regen, du hast doch den Wetterbericht gehört.« Er eilte, denn er hatte den Draht gelöst.

Der Wetterbericht! Aus dem Radio!

Ich hatte doch wenigstens, als ich aus der Türe kam, in die Luft geschnuppert. Urteilsloser Mensch, dacht ich. Nur um das Schicksal zu versuchen, fragte ich einen älteren Mann, der mit seinen Kühen hinausfuhr, einen

Mann, den ich nie sonst um Rat gefragt hätte. Denn ich erinnre mich, als Junge ihm öfters Kirschen stibitzt zu haben, erinnre mich einer Tracht Prügel, die ewige Feindschaft gestiftet.

Aber wie mir aus diesem Verhalten der Groll aufstieg, rief ich ihn einfach an, wie das Wetter werde. –

Er war verdutzt. Dann hob er das schimmernde Kinn, und nur darum ging es mir zu sehen, was er nun tue, wie er aufblickte zu den Wolken, sich umdrehte im Wind, zum Kirchhahn schaute. »Genau kann man es nie sagen. Meine Alte hat zwar das Reißen, aber das ist auch nicht immer zuverlässig. Die Wolken sehen nicht nach Regen aus, hinter die Berge sieht man nicht. Die Schwalben fliegen hoch. Den Wetterbericht habe ich nicht gehört, der ist noch unzuverlässiger als meine Alte. Wenn du weit gehst, hol doch einen Mantel mit.«

Und alle diese Erlebnisse sind nur dazu angetan, daß ich mich an die Natur binde, daß ich sie liebe, von Tag zu Tag mehr, sie hat mir geholfen, sie hilft mir, ihre Ruhe ist unendlich, wenn doch die Menschen sie so ließen, wie sie ist!

Spät in der Nacht, wie ein Dieb schleiche ich mich nach Hause, der sein Herz bereichert hat an den Gütern, die dieses Land schenkt, indem es sich schenkt. Spät in der Nacht schleiche ich ins Haus ein, um nur meinem Großvater zu entgehen, denn je länger es dauert, um so eher muß er eines Tages erscheinen und fragen, ob ich wieder zur Arbeit gehe.

## XXV

Cicero,
ich bin gestern eine der alten Straßen gegangen, die eure Legionen schon benutzt haben. Sie liegt unter Gras, und ich konnte mir nicht einmal mit harten Schritten den Klang nachahmen, den zu Zeiten eures Reiches Soldatenfüße darüberklingen ließen. – O zu welcher Zeit – zwanzigmal zu gähnen lang und ausnehmend, heißt die Zahl der Jahrhunderte angeben, aber nicht die Zeit messen. Die Eulen riefen in den Nebel, und der Bach in der Schlucht trieb sein Wasser über Steine – machte es von letzten Erdresten frei, denn die Rehe unten an den Wiesen haben die gleiche feine Nase und den Sinn für Reinheit wie ihre Vorfahrinnen zur Zeit eurer Soldaten.

Am Mond vorbei stürzte mit lautem Gedonner ein Flugzeug – die Rehe hoben den Kopf – das Flugzeug flog eine Patrouille für das Land, dacht ich, gegen Gegner aus dem Osten.

Ich hatte den Mut, mir vorzustellen, wie eure Legion

grau hinmarschierte – hob sie die Bahn empor mit meinem phantastischen Blick, unter den ehernen Mond, der sie beleuchtete – daß sie mir zerfielen zu Totengebein – nur die Eisenrüstungen blieben, sie nahmen die Gestalt eines Flugzeugs an – und die Eulen riefen in die Nacht.

Ich hatte den Mut, mir eine Pistole in die Hand zu geben und mich als einen Gegner ganzer römischer Legionen zu denken, sie meinem kleinen Bruder in die Hand zu denken und ganze römische Legionen ihm als Gegner. – Ich habe mich niedergesetzt, und mein Geist bevölkerte um mich das Lagerfeuer einer römischen Rast. Ein Wisent, wie ich es aus meinem Tierkundebuch kenne, sollen die Soldaten jagen, auf Befehl ihres Führers – sie haben Angst, denn vor Wochen zerriß eins einen Kameraden. – Moment, ich schicke meinen Bruder mit einem Gewehr. – Das macht nichts, wenn er auch erst zehn ist. Und im Grase liegt einer am Feuer, den man schon aufgegeben hat, er hat Schmerzen rechts – es wird der Blinddarm sein. – Er wird sterben, wann wird seine Mutter die Nachricht erhalten, daß ihr Sohn tot ist? – Moment, ich rufe an, wo wohnt sie in Sizilien, Moment, das ist doch zu machen! Und zur Braut des anderen, da braucht keine Nachricht hinzukommen, er wird sie nächsten Sommer in die Arme schließen. Moment, ich gehe ins Dorf und rufe den Doktor an. Er wird ins Krankenhaus gebracht, man wird ihn operieren. Ihm den Bauch aufschneiden, ja – und hier habe ich den Mut zu sagen, daß ich ein Narr bin, denn nur ein Narr kann so träumen.

Lieber sich dem lebendigen Leben zuwenden!

Und Cicero, heute habe ich Fräulein Regine gesehen, sie ist auf einem Fahrrad an mir vorbeigefahren, ich saß im Straßengraben, sie hat mich erkannt, sie hat gegrüßt, na, das gilt doch etwas, ich will ehrlich sein, ich habe das andere nur erzählt, damit du nicht merkst, wie ich eigentlich nur an sie denke, wie sie mich ganz gefangennimmt, denn so verliebt darf ein moderner Mensch nicht sein, als sei das Herz Eisen geworden! Ich will nach B., will versuchen einiges über sie zu erfahren, will wissen, ob sie einen Freund hat.

Aber erst nächste Woche, für morgen habe ich einen Besuch vor bei einer älteren Frau in F., man hat mir erzählt, sie sei eine der seltsamsten Frauen, wahrsagen könne sie auch, ich lasse mir selbstverständlich wahrsagen. Und wenn es nur ein Spaß wird, denn so abergläubisch bin ich nicht, aber sie muß sehr interessant erzählen, Märchen muß sie auch können, und wann hätte ich mich nicht für Märchen interessiert! – Die Leute haben mir ihr Haus gezeigt, es hängt an einem Hange, ein Mäuerchen kann man es einfach nennen, Mäuerchen, die Scheiben sind mit Staub zugeblindet, der Gartenzaun mag aus einem Bilderbuch stammen, gebrechlich.

Sehr eigenartig, wie ich dazu kam, ein alter Mann hatte mich gefragt, ob ich der Kollege von dem Antiquitätenhändler sei – die Leute haben hier keine Scheu vor den Fremden! – Nein. Aber ich sähe ihm so ähnlich, da sei nämlich ein Händler, der immer zur »Was Engel« komme. Aber ich könne doch hingehn, sie habe ein Spinnrad, und sie handle mit dem Händler schon längere Zeit, der Händler käme öfters, auch um nur im Spiel mit der Frau zu streiten.

Hat mich doch die Natur, die uralte, geheilt, warum soll es nicht auch diese Frau können. Zu meinen Großeltern konnte ich nicht gehen, denn oft bin ich dort, und ihre Ruhe gibt Kraft. –

Ich muß noch lächeln, der Alte hat mir mit dem Finger bedeutet, die »Was Engel« sei aber doch modern, sie habe sich ein ganz neues Radio gekauft. –

Glück zu für die Liebe! Glück zu für das Unternehmen.

# XXVI

Es kam nicht zum Wahrsagen. Über Mittag war ich bei der Alten. Der Händler war da, ein frischer, redegewandter Mann, und sprach mit der Frau und suchte zu erfahren, ob sie kein altes Garn mehr habe.

»Wissen Sie«, wandte er sich an mich, »ich habe Spinnräder, alles, was früher notwendig war, um Wolle zu spinnen. Die ganzen Gerätschaften habe ich in meinem Hause aufgestellt, nur dieses Garn fehlt mir noch.« –

Wenn ich mir nach zwei Jahrhunderten einen Altertumshändler vorstellen soll, Cicero, der die Industrie ausstellen will, die notwendig ist, um eine Holzfaserplatte herzustellen!

Die Alte schüttelte nur immer den Kopf. Er habe schon soviel von ihr gekauft. Sie habe kein Garn mehr.

Sie machte in einer alten Pfanne Kartoffelbrei. Sie war ganz altmodisch in ihrer Tracht.

Auf einem Stuhl an der Wand aber dudelte ein funkelnagelneues Radio. Wohl von dem Geld, dacht ich, das der Verkauf der Altertümer ihr eingetragen.

Dann kommen plötzlich Nachrichten: »Wetterbericht. Zugunglück in den USA. Vierundsiebzig Tote.«

»Sterben denn in Amerika die Leute auch«, sagt die Alte, man weiß nicht, ob es Ernst ist oder Spaß. Vierundsiebzig Tote. Viele Zugunglücke, die man im Film sah, tauchen mit einmal auf.

Und in der Mittagssonne fallen silbern Spinnfäden nieder.

Und hier die Stimme, Cicero, die trocken und sachlich berichtet:

»New York. Heute morgen brachten amerikanische Wissenschaftler den siebten Atombombenversuch zum Gelingen. Er fand in der Wüste Nevada statt. Nach Angabe der Experten ist es die bisher größte Explosion. Der Atompilz erreichte eine ungeheure Höhe und löste sich erst nach einer halben Stunde auf.

Die japanischen Fischer, die an radioaktiven Strahlen erkrankt sind, waren gestern in das Krankenhaus Tokio eingeliefert worden. Ihr Zustand hat sich nicht gebessert.

In der Umgebung von Salzburg soll nach Angabe von Wissenschaftlern starker radioaktiver Regen niedergegangen sein. Große vergiftete Regenmengen werden vom Atlantik gemeldet –«

Die Alte drehte das Radio ab, setzte sich an den Tisch, betete mit ihren runzligen Händen und aß. Seelenruhe in der Stube. Die Uhr tickte.

»Liebe Frau, ich komme nächstens wieder, ich muß nun gehen«, das sagte ich und ging hinaus. Den Nachmittag zu genießen? Der silberne Herbsttag schwamm über das Land. – O wie lang noch gehörst du uns, wie lang noch? Die friedlichen Bäume, die Rinde der Eichen, die wie Steine auf die Füße fallen wird.

Ich wollte mir wahrsagen lassen, wollte an Regine denken, wollte morgen zu ihr. O Himmel, wie grausam schickst du diesen Regen. Regen, der nicht von dir kommt.

## XXVII

Cicero, eine einfache Zahl, was ist sie? – ein Zeichen. Aber mit ihr hat der Mensch sich das Atom errechnet. – O, ohne Sinn und Begriff ist mir alles.

Aber höre, wie ich nach Hause ging gestern, Bauern über den Feldern, Kinder. Wohl der Herbst brannte mit seinen Blätterfeuern, mit seinen roten Farben von den Bergen herab. Glühte aber nur einmal ein atomverseuchter Regen über die Erde – und es wär nichts mehr. – Die Städte sah ich im Abendnebel, wie sie ihre hohen Rauchfahnen in den Himmel schickten, sie mit ihren Menschen wären alle vernichtet. Tot.

Tot.

Eine einfache Zahl, Cicero, wenn du im Senat warst, hast du nur deine Blätter mit ihr gezählt, die deine Reden enthielten, deine Soldaten, deine Heere. – Zahl. Zahl.

# XXVIII

Ruf dein Herz auf, daß es sich an die Erde klammert, dacht ich mir, als ich das Werk verließ. Die Erde tröstet mich, nun aber muß ich dran denken, daß auch sie mir nicht gehört – daß sie nur ein Besitz ist, der mir müd lächelt, wie der Herbst mir müde lächelt aus Astern und Allerseelengesichtern.

Heute nacht habe ich geträumt: Wie ich neben einem Grashalm liege, einem einzigen riesengroßen, plötzlich ängstlich zittern sah ich mich, aufspringen, fliehen, schnell, als schwanke der Halm, als sei er schlimmer als die siebenmal todbringende Pest, mein guter weicher Grashalm, den man in den Mund steckt, mit dem man sich im Ohr kitzelt. –

Ich muß bitter lächeln. – Ich schleppte mich zum Spiegel hin und sah nach, ob meine Augenlider von diesem schrecklichen Traum nicht gesprungen seien.

## XXIX

Cicero,
Herbstregen. Herbstregen, das Land wird müd vor Regen, und die Zeitungen berichten von der Radioaktivität. Berichten, wie sie in die Milch dringt, wie sie in den Leib des Menschen kommt und ihn tötet.

Wir mächtigen Menschen, was ist die Pest gegen die Atomvernichtung, die uns bedroht.

Blick zum Fenster hinaus. Nur Wald steht vor dem Fenster stolz. Trägt er zum letzten Male Laub? Schmilzt sein Lebensmark nicht aus? Kann er nicht plötzlich abwelken? – Drückt nicht plötzlich in der Welt einer einen Knopf, wie das im Werk war, und alle Maschinen heulen? –

Wald, Wald! – Als ich zu arbeiten anfing, so erinnre ich mich, wie ich den ersten Abend mich freute an seinem Grün, und zum ersten Mal an dich dachte, Cicero.

Ja, wenn die Hügel kahl wären, alle Hügel und Täler der Welt – nie wäre Kolumbus nach Amerika gekommen.

Kolumbus, Cicero, ist ein Weltensegler gewesen, der 15 Jahrhunderte nach Dir die Neue Welt entdeckt hat, nachdem man wußte, daß die Erde eine Kugel ist. Auf ihrer anderen Seite liegt sie.

Wenn alle Hügel und Täler leer wären von Bäumen, gewiß weinte das Mädchen des Holzfällers nicht, dessen Vater ein Baum erschlagen, aber vielleicht hätte es früher geweint und gehungert. Wenn es keine Straßen gäbe, sicher ächzte der Straßenarbeiter nicht, doch wo gingen wir? – Wie diese Gedankensplitter in mich stechen! – Der Fluch und der Segen allen Lebens wird mir recht fühlbar.

Nein, wir können doch nichts dafür, daß diese Berge gewachsen sind! Kein Mensch hat einen Finger gekrümmt. Und die Gelehrten bescheiden uns lächelnd, wenn einer die Riesen als Schöpfer nennt. Mir sind, wie es auch bei dir, Cicero, war, die Wolken ohne Willen gespannt, regenwild und ernst.

Nicht eine Fischgräte schuf der gelehrteste Geist! Und niemals schuf sich der menschliche Geist selbst.

Cicero, ich öffne das Fenster, und der Wind schlägt herein.

Über die Natur ist eine Macht geworden, die der menschliche Geist, einer Hebamme gleich, aus dem Schoß der Natur hob. Zu deiner Zeit schon, Cicero, und früher lebte sich der Geist aus zu ergründen, aus seinem Trieb sich die Erde untertan zu machen. Es hat dich gefreut, wenn die Handwerker neue Geräte erfanden, die schönsten Bauwerke zu errichten. Jeder hätte gescholten, daß man eine Erfindung unausgewertet hätte rosten lassen.

Und ihr Handwerker alle des Mittelalters, die ihr manchmal, wie mein guter Großvater, fast alles von Hand gearbeitet habt – aber mit Handwerkszeug, mit Hammer und Zange –, es kam, es wuchs aus vielen Händen und Köpfen, die alle so recht taten, so recht, wie ich, der ich darüber nachdenke, weil ich muß. Und nun quäle ich mich mit dem, was die Forscher ausgedacht haben!

Die Flugzeuge sind in ihrem Getöse gewaltig wie der Donner. Sie sind schneller in ihrem Flug als der flüchtige Schall.

# XXX

Schöne Welt, um dieses Mädchen schön!

Sie ist zerstörbar, sagen unsre Gelehrten. Mein Atem ist heiß geworden, spürst du es, Cicero, wie er Dir oft war, wenn du in Streit gerietest mit deinen Gegnern, großer Redner, weiser Staatsmann, wüßtest du weiter?

Fast weine ich. –

Immer noch hält der Regen an. Immer noch habe ich meine Hand zugebunden und lüge meinen Eltern und Geschwistern vor, ich könne noch nicht arbeiten.

Wie traf mich nun doch die Nachricht, daß der Wasserspiegel der Erde sich senkt. Närrisch in Angst wird man fast, möchte die Tränen halten. Seen versiegen, Flüsse werden trockener, Öde gräsert und sandet endlich über weite Flächen der Erde.

Heute kam Nachricht aus dem Radio.

Die Gelehrten haben es errechnet, sie schaffen das Feuer, und das Wasser geht! – Nun errechne ich Leiden und Schmerzen, sammle sie nicht unter Zahlen und mit dem Rechenschieber, die Seele beschwert sich damit, wird dunkel davon.

Ich saß über Bilderbücher gebeugt, den ganzen Tag, und schaute Männern ins Gesicht, weisen, vornehmen Männern, sie hatten hohe Stirnen, trugen ihr Haar wie rechte Bürger.

Einer glich meinem Vater. Als er nachmittags hereintrat von der Frühschicht, erschrak ich, als sei er es selbst – aber nein, mein Vater half nicht bei dem Bau der Atombombe. – Auf diese Nase mochte eine Fliege sich setzen. Sie sah so aus, so adlig, als müsse sie einbalsamiert werden. Alle diese Männer taten es. Wo taten sie ihr Werk, das nun unausweichlich über uns schwebt?

In Stuben, wo ihnen vielleicht der siebenschwänzige Teufel zur Seite stand, in Wahnsinnskammern, wo alle verdammten Seelen ihnen geholfen haben?

Nein, nein, nein! Wenn sie von ihren Arbeiten nach Hause kamen, setzten sie sich, genauso wie mein Vater, zu Tisch, tranken Kaffee, vielleicht war er besser und kostbarer serviert, denn sie verdienten mehr, aber es war Kaffee.

Mein Vater sagte zu mir, der ich vor mich hinstarrte, der ich nicht recht da war in Gedanken: »He, Dämmelhannes, gib mal das Brot her!« – O gewiß, einer der Gelehrten, dem ich aus dem Gesicht Heiterkeit absah, mochte auch zu seinem Jungen so gesagt haben, wenn er am Tisch saß und gedankenfern einer Rechenaufgabe nachhing, wenn er am anderen Ende des Tisches saß, wo das arme Brot lag. – Wie ich Gedanken spann! – Gib mir bitte Brot, mochte er gesagt haben, er bat seinen Sohn, er war nicht wie mein Vater ein biederer Bergmann vom Land, so grobgradheraus. Cicero, Menschen waren es. Menschen, die alles taten. –

Regine studiert Chemie, durchzuckt es mich plötzlich, Chemie, die Wissenschaft! Ich sah ihr liebes, hübsches Gesicht. O Himmel, ich bitte dich, wenn du in das menschliche Leben einwirken willst, gib ihr nicht einen Geist, der jenen Männern gegeben ist, laß ihn klein sein und arm, und wenn ich dich nie wiedersehen werde, Mädchen, und wenn nie etwas uns näher bindet, so bleibe bescheiden im Ausmaß deiner Kraft oder finde uns Hilfe.

»Hans«, sagte mein Vater, »deine Hand könnte aber schon geheilt sein, es wäre ganz gut, wenn du wieder arbeiten würdest, statt hier zu sitzen und die Fliegen anzudösen. Geh jetzt einmal hinaus und mäste das Schwein, hol doch die Kappesblätter, die im Keller liegen!«

Bei Gott, ich habe gezittert, als ich das Schwein fütterte. Das dicke Tier grunzte vergnügt und wälzte sich quicklebendig vor seinem Trog hin und her.

## XXXI

Meine Seele ist ein Sturm.

Mein Dorf, du weißt es! Mein Dorf, das seine Straße noch ungelenk ädert, das nicht gezirkelte Straßen hat, das noch frei nach der Natur sie ausgedehnt, kaum nach dem engen Rechenschieber. Gerne drückte ich dem Nebel, der dich durchwandelt, die Hände zum Dank dafür. Um Büsche legst du sie, spreizt sie den Hügel hoch, die kleineren Pfade.

Und ich renne ihnen nach.

Die Zeitungen bringen nur immer die Nachricht, daß der Regen gefährlich sei. Still ist alles, still das Land, kein Blatt rührt sich, keins ruft, daß es die Strahlungen, die den Menschen so unheilbringend versehren sollen, aufgesaugt hat, aus seiner Nahrung, dem Regen.

Unheimliche Stille, in der jeder Schrei in der Kehle geboren werden kann! Nur der nicht, der so weit dränge, den verantwortlichen Menschen ins Ohr, daß sie zur Einsicht kämen.

Der Regen hat für diesen Abend aufgehört. Nicht mein Unglück! –

Soll ich den Herren in den großen Ländern, die heute die Geschicke der Erde lenken, einen Brief schreiben? Von meiner Angst, die als eine Haut aus Stacheln um mich hängt oder als Eisenstab durch den Hals gestoßen scheint.

Da schlägt der Himmel eine Wolke auf, und die Sonne glänzt in allen Tropfen. Die friedlichen Tropfen, die friedlichen Wiesen! – O ihr Männer, laßt euch doch sagen, wie herrlich der Hügel sich aufwölbt mit seinen Bäumen und Sträuchern, eingesponnen in Nebel. Hört doch auf mich, wie die Bäume zittern und ihr Laub abwerfen. Das Dorf rötet herrlich in warmer Lippenfarbe. – Da sieh doch, Jungen spielen heraus und stoßen nach einem Ball!

Die Wolke fällt wieder zu, und es düstert nieder. Nur die Rufe der Jungen stürzen verwirrt unter dem Himmel hin. –

Soll solch friedsames Leben getötet werden? –

O nein, habt doch Erbarmen! Habt doch Erbarmen!

Ich rief es in die Muschel meiner Hände, es drang über keinen Ozean, drang zu keiner Stadt, nur durch die Arme zitterte der bedrängte Ruf in den Körper zurück.

Fiele mir doch das Wort ein, das die Großen bewegte, daß sie aufhörten zum Verderb der Menschen nachzuforschen. – Wie finde ich es? Vielleicht so, daß ich die Schönheit der Erde in kleinen Formen mir recht einpräge und mich ganz durchdringen lasse von der Trauer, daß sie einmal vernichtet werden, frevelhaft durch Menschenhand nicht mehr sein soll. –

# XXXII

Cicero,
es traf mich sehr, als mein Großvater kam, heute nachmittag, und nach dem Moped fragte. Ich ging mit ihm in Armsünderstimmung zur Waschküche des Freundes, wo noch immer das zerbrochene Vehikel lag. –

O guter Mann, wie du so schimpftest, stand ich nur ruhig zur Seite, o guter Mann, einen solchen Lärm um ein zerbrochenes Vehikel! Um ein dummes technisches Instrument! Stehen wir nicht bald durch ähnliche, aber verderbenbringende Errungenschaften vor dem Grabe großer Völker. Soviel Lärm um den Preis zu machen. Das bißchen Geld! Da so viele Menschenleben bedroht sind!

»Nie wieder brauchst du zu mir zu kommen, und um so etwas zu bitten.« O guter Mann, wüßtest du, woran dein Enkel dachte, woran er hing. Aber wie das Verhältnis mit ihm getrübt ist, bin ich doch noch dunkler in meinen Gedanken.

Wie ein Kind hat er das Ding auf den Arm gehoben

und ist mit ihm nach Hause gegangen, der Mann in dem grauen Haar. Könnte man so alles Unglück wegtragen, das alles Eisen über uns gebracht!

Zerstreuung.

Ich war im Film.

Weiße Leinwand, die uns lebendiges Leben bildert. Spiele des Sportes, vor Wochen geschehen in anderen Städten, leben vorüber. Übungen an Geräten. Schon kurz nach dem Beginn ging ich wieder hinaus. Sprach zu mir: Übt nur die Glieder, übt nur! An den Maschinen ist es notwendig, daß man wendig wird oder die erlahmten Glieder, die nur einer Wendung folgten, ausrüttelt. Kaum sind wir an unseren Maschinen freie Wesen. Sind wir über die Sommer des Geistes wieder zurückgefallen in nur körperliche Übungen, zu einem neuen Anfang oder zu einem Ende?

Wann könnte diese Leinwand meine Schmerzen wiedergeben, wann denn?

## XXXIII

Verliebt in die Erde, verliebt in diese herrlichen Tage zu sein – und doch zu wissen: es kann plötzlich eine Luft herüberwehen, und dein Arm rötet ab, wie ein glühendes Stück Eisen, wenn du an einen Stein greifst. Sonst hältst du sie in die Flammenlohe eines Schmiedeofens, aber die siehst du.

Wie komme ich aus dieser Zeit! Kann ich etwas wenden! Ich liebe die Erde, jeden Vogel, den sie in den Morgen hinaufschickt, verfolge ich mit meinem Blick, und über alle Härte des Fortschritts hätte ich gerne Federn als Schmuck, natürliche Federn. Ich hätte nicht Angst, sie einem Mädchen zu schenken, mit Bücklingen und vielem Gezier, ich wollte so natürlich sein, wollte so ehrlich sein zu ihr, wenn ich sie treffen könnte! Ich wollte um sie werben, wie ein Ritter aus dem Mittelalter mit Versen, mit allem, was dieser Zeit eigen war, als die Natur galt, und das Leben, das wir verlieren durch soviel Gerümpel. –

»He, Hans, ich beobachte dich schon durch alle Tage«, hielt mich heut ein Mann aus dem Dorfe an. Ich traf ihn an seinem Garten, wo er Kartoffelkraut verbrannte. »Du rennst wie ein Wahnsinniger durch die Gegend, als trieben dich hundert Teufel an. Wohin nur? Hast du denn wenigstens ein Ziel?« »Ziel?« fragte ich.

»Ja, wenn ein Mensch so wie du durch die Gegend rennt und dazu sonst immer einen vernünftigen Eindruck gemacht hat, muß er doch ein Ziel haben.« »Die Angst hat kein Ziel!« »Na«, sagte er weiter, »du wirst dich doch nicht vor diesen fallenden Blättern fürchten, den zahmen, zahmen Blättern. Und was wäre da sonst noch? Schau doch einmal über die Felder weg!«

O Cicero, das war ein Bild, das die Seele so mochte, daß sie ans Herz greifende Worte findet, die Mächtigen der Erde umzustimmen. Ein Wind kam auf, stoßweise, dann immer heftiger werdend und griff in die Kleider, daß die Rockzipfel flatterten. Die Felder braunten und liefen lang hinaus, bis an eine Hügelkette, deren Kuppeln sich eng aneinander duckten, als suchten sie sich gegenseitig Wärme zu geben. Und allein in diesen Feldern eine silberschaftige Jungbirke. Liebliches Laubwesen des Sommers, kein Glanz hing mehr in deiner Blätterdolde. Unaufhaltsam wirbeln deine rostigen Zweige Kreise in den Wind, Taktstöcken gleich, mit denen sie seinen tausendfältigen Halbmelodien genügen möchten. Zwei Elstern liefen heran auf ihren Silberfüßchen, sahen erstaunt zu, wie vom Boden unter dem Wind die Blätter hochsprangen und von den Zweigen herunterfielen, die Schollen lagen ernst.

Merkt es euch, ihr Schollen, dieses Bild, dacht ich, daß ihr im Winter unter der Schneedecke zu träumen habt. Ihr Schollen, die ihr besser seid als die Menschen, die ihr nur gute Gaben an die Erde verschenkt. – Ach, und auch euch kann man töten, daß ihr taub seid und unfruchtbar.

»Ich muß dich noch etwas fragen, Hans. Mein Neffe ist vorige Woche mit mir im Feld gewesen. Es kam Regen, gerade über Mittag, als die Glocken zu läuten anfingen. Wie es so dumpf klang, und der Regen immer rascher niederrauschte und wir uns unter den Wagen flüchteten, sagte ich: Da, wie der Regen so dicht fällt, na, bald wie eine Häuserwand, da hat der Schall halt einen schweren Weg, deshalb dauert es länger bis er durchkommt, und – Nein, nein, sagte da mein besserwisserischer Neffe. Das leitet den Schall schneller. Die Tropfen sind doch immerhin ein Widerstand bei einer solchen Entfernung, gab ich nicht nach, da wurde der Kerl grünschnäblig, und ich habe ihm eine geknallt.«

»Der Neffe hat es in der Schule richtig gelernt. Wenn er es auch nicht beweisen konnte«, sagte ich, »leider, leider«, und ging.

So nach meinem Schulwissen, Cicero, könnt ich dir auch manches erklären, was ich nicht beweisen kann, aber meinen Kummer und meine Erlebnisse kann ich dir klagen und sagen.

## XXXIV

Soll ich deshalb jubeln, weil die Wissenschaftler Riesenrosen durch die radioaktiven Abfallstoffe der Atomhütten gezüchtet haben? Zehnfach vergrößert. Sardinen, so versprachen sie, könnten eines Tages so groß werden durch diese Stoffe, daß sie Wale auffressen könnten. –

Wenn es zum Lächeln wäre, ich würde es tun, aber es wird in den Zeitungen berichtet und zu ernstem Glauben dargestellt.

Was nützt eines, wenn alles geht, wenn der Mensch geht.

Ich bin heute an einem Hause vorbeigegangen, wo das Radio so laut angedreht war, daß ich erschrak. Ich hätte hineingehen wollen und sagen, sammle alle Sender der Erde ein in dein Zimmer, Mann oder Frau, sammle sie ein, und wer die schönste Trauermusik hat, den höre.

Trauermusik für die Erde.

Ist es recht zu trauern? Oder soll man nicht jubeln, einfach die Angst niederjubeln.

Cicero, du fragst mich mit stummem Blick, warum ich mit niemandem der Menschen, die um mich sind, darüber gesprochen habe. Ich bringe den Mut nicht auf. Gewiß wissen es alle, was über uns schwebt, es wird in den Zeitungen gesagt. Aber dort wird es mir unbestimmt genannt, jedoch rede ich mich ins Feuer, käme ich plötzlich zu ganz konkreten Bildern, die mir in solchem Falle aufschwirren. Oh, ich weiß schon, wie sehr ich mich selbst damit quäle. Und die Angst will ich mit mir tragen, will sie nicht meiner nahen Umgebung weitergeben, die so wenig ändern kann wie ich. Gewiß denke ich an den Fall eines Krieges. Wo Waffen mit diesen radioaktiven Kräften angewandt werden. – Wann, Cicero, gab es einmal keinen Krieg?

Die langen Täler als Särge, gerade groß genug für Millionen.

Warum hat man die Pest des Mittelalters durch die Wissenschaft eingedämmt, um sich eine neue größere Pest zu schaffen? Im Krieg kämpften die Männer und fielen, aber heute wird es anders sein –

Ja, reifte dieses Bild der einfachen, unschuldigen Birke doch ein Wort in mir heran, daß ich es den Menschen, die maßgeblich damit zu tun haben, bestimmend sagen könnte. Nur ein Wort. –

Mit heiligen Wünschen kann man sich auch töten.

# XXXV

Ob es nur Gerüchte sind? Ob es kein Märchen aus dem dreißigjährigen Krieg ist? Es seien durch die Atomstrahlen behinderte Kinder zur Welt gekommen, ganz in der Nachbarschaft.

Mädchen, und ich wage noch, an dich zu denken.

O ja, das ist erwiesen, in Japan ist die Generation einer ganzen Stadt durch diese Strahlung grauenhaft betroffen.

Mädchen, ich wage noch, an dich zu denken, ohne daß mir leise Tränen kommen. Weine leise, sage ich mir, die Welt ist laut.

Meine Großmutter ist eine gute Frau. Zu ihr bin ich gegangen. –

Ich wußte, daß Großvater an diesem Morgen weg war, ich hatte ihn ruhig auf die Felder fahren sehen, mit wehender Peitsche und gemütlichem Pfeifenrauch.

Großmutter pellte vor der Treppe Bohnen. Sie sah zu mir auf, sah, daß meine Wimpern glänzten: »Hast du im

Mühlenteich Wasser getrunken?« An Tränen dachte sie nicht. Ich bin schon zwanzig.

Ich wagte nicht zu sagen, daß ich selbst Angst hätte, so einfach aus dem klaren Teich zu trinken, daß ich mich so in Angst hineingesteigert glaube, auch er sei verseucht.

O ja, diese schlangenzeiligen Überschriften in den Zeitungen, die uns die Wissenschaftler nun in die Seele geißeln. –

Die Suppe, die wir zusammen aßen, aß sie in Frieden, ich aber betrübt, bitteres Brot der Erde mit den Augen in die Zukunft.

»Du fängst wieder zu arbeiten an, habe ich gehört, Deine Hand ist auch sicherlich geheilt. Sieh zu, daß du keine Nachtschicht bekommst, da kannst du zwar morgens spazieren gehen, aber mittags mußt du schlafen, nachts mußt du arbeiten. Wie die Ratten lebst du dann.« Ich konnte mir nicht denken, warum sie mir das sagte. Hatte sie etwas gegen diese Lebensweise, die in unserem Industrieländchen gang und gäbe ist, oder war sie, an mir bemessen, ihr doppelt gegen das Gefühl?

# XXXVI

Entspräche meine äußere Haltung meiner inneren, so würde ich mit meinem Gesicht über der Erde liegen und weinen.

Auch heute arbeite ich noch nicht, ich will nicht!

Morgen, du bist mehr, als daß ich dich nur ansehe! Blaues Licht, das nichts von uns will, als daß wir es atmen! Der Fichtenwald dunkelt, daß meine traurige Seele ihn vertauschen könnte mit sich. Über die Wiesen glänzt der Nebel aus, sinkt allmählich ab in die Gräser. Kühe werden herausgelassen aus den Ställen, sie atmen Säulen aus Silber vor sich her und ihre braunen Felle wandeln über die Flächen hin, und die Bäume streichen darüber mit ihren Ästen, wenn sie darunter grasen. Es knistert. Von den ersten Häusern her die Hühner ausschwärmen –

Ja, das ist die Erde!

Cicero, siehst du, und nun kommt ein Junge aus dem Wald mit Holz in den Armen, schichtet es auf – bald wird er es anzünden – und ein friedlicher Rauch wird hinaufsteigen zum Himmel. –

Über Mittag wird er sich Kartoffeln im Feuer rösten. –

Friedlicher Rauch, friedlicher Rauch, friedliches Bild.

Cicero, müßten nicht aus diesem Gefühl heraus mir Worte zukommen, es den Mächtigen der Erde zu schreiben! Warum habe ich nicht längstens das beste Papier gekauft, den besten Stift!

Laßt uns doch unsere Erde, laßt doch dem Jungen den friedlichen Rauch!

Da läuft ein zweiter Junge aus dem Wald, schreit: »He, Richard, ich habe Eulengewölle gefunden. Siebzehn habe ich.« Ich sehe, wie er sie in Händen hält, diese grauen Klümpchen – Überreste einer Mäusemahlzeit –, diese grauen Klümpchen, so liegen die Menschen in ihren Häusern, wenn die schlimmen Strahlungen kommen, über die Erde verstreut, armselige Klümpchen. –

Grauen, laß mich!

Ich werde wieder hart an den Augenblick gerissen: Die beiden Jungen stehen nun zusammen. »Das sollen Eulengewölle sein? Mensch, du spinnst!« »Aber sicher sind es Gewölle.« Darauf der andere: »Aber keine richtigen!« »Doch richtige!« »Nein!« »Doch!« – Das geht laut her. Und da balgen sich die Jungen.

Die geben es sich aber gegenseitig, Schlag auf Schlag. Das Spiel hat Reiz, es zieht an. Allein um ein solches Spiel, Cicero, ist die Erde uns wert, uns lieb. Es wird ernster und ernster – die Ohrfeigen zischen! Sie liegen an der Erde. – Der Teufel, der eine tritt dem anderen mit dem Fuß auf den Bauch. –

Ich springe schnell heran, zerre sie auseinander! Haue jedem eine hinters Ohr! Ordnung muß sein! – Wie sehen sie aus, zerzaust, zerkratzt. –

Einige Kühe sind verschwunden. Sie stehen einander gegenüber, zwischen ihnen das aufgeschichtete Holz. »Da mach doch Feuer, du«, schreit derjenige, der die Gewölle gebracht hat, er tritt in die Hölzer, daß sie auseinanderwirbeln, packt seine Peitsche und läuft davon, seine Kühe zu suchen. –

Wo blieb der friedliche Rauch? –

Wo bliebst du, friedlicher Rauch? –

Ich bin weggegangen, bin in schnellere Schritte gefallen, endlich gelaufen. Das dürre Laub hat geraschelt. Vor wem denn diese Flucht? Vor mir?

Cicero, soll ich mir nicht doch noch das beste Papier kaufen, um den Großen der Erde zu schreiben?

# XXXVII

Ist es ein Glück für mich, daß ich wieder in die Wirklichkeit gezerrt wurde? Mein Vater verlangte heute endgültig, daß ich wieder ins Werk gehen solle, er sehe, daß meine Hand geheilt ist. –

Ja, Cicero, ich bin wieder in den Omnibus gestiegen. Ich bin wieder in den Zug gestiegen. Aber als ich ausstieg und das Werk sah, an die Arbeit dachte, vor allem auch an die Menschen, wie sie mich empfangen möchten, da habe ich einen anderen Weg gesucht. –

In E. habe ich mich in ein Gasthaus gesetzt und getrunken. Da lernte ich ein Mädchen kennen, das mir gefiel. Warum sich für diese Regine in zehn Ewigkeiten begeistern!

Lebe!

Als ich hinaustaumelte in den Morgen, Wein im Blut und verwandelt durch den Blick des Mädchens – da hatte sich der Herbst nicht geändert, hatte sich die Welt nicht geändert. –

Rote Wälder, ich sah euch an, ohne Blick, der mit Kreissägen bewohnt ist, aber ich konnte meine Hand nicht erheben und sagen, ich bin der Mensch, der euch läßt in eurer Schönheit, in eurer Farbe und in eurem Holz, ich bin der Mensch, der die Erde, die er erhalten, achtet und nur zu seinem Nutzen braucht, der nichts erschaffen hat.

## XXXVIII

Wie soll ich mich denn trösten? – O so, ja, Cicero, das ist ein Weg! Hatten denn die Menschen zu früherer Zeit solche Genüsse wie wir? Lebt denn heute nicht ein einfacher Arbeiter in seinem Haus angenehmer als die großen Herren, die Ritter des Mittelalters in ihren Burgen – warum denn jammern, wenn mit einem angenehmeren Leben ein schrecklicher Tod uns treffen kann? –

Seien wir doch nicht so kleinlich!

Die Fußwanderungen, die mein Großvater machen mußte, als er in die Grube zog. Einen langen Tag mußte er zu Fuß laufen – und jetzt fahren sie in den Omnibussen, die Bergleute. – In weniger Zeit, sitzen in Zimmern! – In Zimmern! – Warum denn jammern, warum denn!

Heißt Menschsein nicht auch, sich mit den Härten, die nun einmal da sind, abfinden!

Cicero, heißt es sich trösten, wenn man so redet! –

Ja, das Schwert war da, um einen Hirschen zu erlegen, aber man konnte zugleich einen Gegner besser umbringen, konnte blutiger und schneller umgebracht werden.

Was heißt es sich zu sagen: Es ist wie das Wetter. Wir freuen uns der Sonne, wenn wir sie brauchen, sie uns gefällt, beschimpfen aber genauso zuzeiten ihre Hitze, als sei sie ein großes Übel.

Wieviel Propheten haben schon den Untergang der Welt vorausgesagt? Gab es in der ganzen Christenheit nicht schon große Ängste, weil Männer aufgestanden sind und haben in schwarzen dunklen Worten den Untergang gemalt? –

Wäre ich nur einer von ihnen! Denn ich weiß, weiß, es traf nicht ein.

Wer meine Ferienaufzeichnungen nicht versteht und spottet, begreift vielleicht doch meinen Seufzer: Ja, man kann so vieles versichern in dieser Welt durch große Gesellschaften, nur sie selbst gegen Krieg und Atom gar nicht, das, ach, ist unmöglich.

## Wilhelm Genazino

### Das Schwebeglück der Literatur

Manchmal entsteht Literatur dann, wenn die Zumutungen des Lebens so mächtig und sonderbar über uns hereinbrechen, daß der Betroffene nicht mehr weiß, was er jetzt noch sagen soll. Plötzlich schlägt einem Menschen eine akute Herausforderung ein bis dahin geläufiges Weltverständnis aus dem Kopf. Jemand ist überfordert; ein schneller Kommentar, auch ein innerer, stellt sich nicht ein. Ein Ich gerät in eine Starre und in ein Schweigen. Erst nach einiger Zeit (es kann eine Stunde sein oder auch ein Jahr) läßt das Gefühl der Überforderung nach, und das heißt: das Ich formuliert, zunächst nur für sich selbst, wieder einen (inneren) Text. Dieser Text ist ein neues Stück Literatur. Ein plötzlicher Wirklichkeitsschock (darum handelt es sich meistens) ist zum Anfang eines neuen, anderen Sprechens geworden.

Ich nehme an, Johannes Kühn kennt sich gut aus in solchen Situationen. Manchen seiner Texte sieht man sofort an, daß sie Umschriften einschneidender Erfahrungen sind. Ich weiß von Johannes Kühn nur das, was in den Nachworten seiner früheren Bücher und in Rezensionen und Aufsätzen zu finden ist. Zum Beispiel habe ich gelesen, daß Johannes Kühn einmal zehn Jahre lang »geschwiegen« hat. In einem Zeitungsaufsatz steht, daß es von ihm annähernd 8000 Gedichte gibt, von denen wir, obgleich einige Lyrikbände von ihm vorliegen, nur einen Bruchteil kennen. Ich weiß nicht, ob er zur Zeit ein verstummter, ein schweigender oder eher ein abwartender Dichter ist. Das Schreiben steht bei ihm (vermutlich) als vermittelnde Tätigkeit zwischen Rückzug und Einmischung. Inzwischen schreibt Johannes Kühn, denke ich, mehr für sich als für andere. Ist das schon Schweigen? Zuweilen sind seine Gedichte eine Art Wurfanker nach draußen, zu den anderen; sie haben eindeutig appellativen Charakter, sie sind Durchbrüche aus einer vielleicht zu stark gewordenen Innerlichkeit.

Ist es nicht an der Zeit, daß ein Kulturwissenschaftler (oder ein literarisch gebildeter Soziologe) einmal beschreibt, was unsere Kultur denjenigen verdankt, die aus sogenannten einfachen Verhältnissen aufsteigen und langsam in die Kultur eindringen? In beinahe jedem einzelnen Fall beginnt dieser Aufstieg in Form eines Einspruchs. Ein Individuum empfindet zunächst privat die Mängel seiner Herkunft; nach der Überwindung einer Latenz-Phase findet das Individuum eine Form für seinen Einspruch, der dann schließlich als kulturelle Manifestation in den lebensweltlichen Horizont einwandert. In der Erzählung *Ein Ende zur rechten Zeit* von Johannes Kühn kann man nachlesen, mit welcher Zartheit die erste Unzufriedenheit an ihm nagt und mit welcher Gemächlichkeit seine Künstler-Biographie daraufhin einsetzt. Es muß dieser Abschied aus der überkommenen Welt überhaupt nicht plötzlich und auch nicht mit einem Paukenschlag beginnen. Es genügt (zum Beispiel) der Hinweis, daß ein einzelner den Horizont der Eltern übersteigt, was ein konfliktreicher und langwieriger Vorgang ist. »Sie sind nicht hochgebildet, meine Eltern, verständen die Ausdrücke nicht« – und schon hat sich derjenige, der diesen Satz zu schreiben gewagt hat, auf den Weg einer abweichenden, eigenen Biografie gemacht.

Der Erzähler ist ein junger Mann, ein Student vom Land, der in den Semesterferien in einem Sperrholzwerk arbeitet, weil er dringend Geld braucht. Das klingt nicht sehr aufregend, was eine Täuschung ist. Denn eigentlich wollte der Student nur ein bißchen jobben; statt dessen lernt er die modernen Arbeitsbedingungen kennen, und das ist etwas anderes. Selbst die Arbeit in einem dörflichen Sägewerk zu Beginn der fünfziger Jahre ist taylorisiert; das heißt, die menschliche Arbeit und der Rhythmus der Maschinen sind in bestimmte Zeittakte aufeinander eingestellt, und wer diese Zeittakte nicht beachtet oder sich falsch an sie anpaßt, muß dafür unter Umständen teuer bezahlen. Zum Beispiel mit einem halben Unterarm, der einer Arbeitskollegin gnadenlos abgeschnitten wird. Der Erzähler erschrickt zutiefst und tut etwas, was er so früher nicht getan hat: Er flieht zur Selbstberuhigung in die Natur. Früher, als er noch nichts gewußt hatte von der modernen Welt, hatte er sich in der Natur nur seinen Empfindungen hingegeben und durfte sich deshalb als ein Teil dieser Natur erfahren. Jetzt, nach dem Unfall der Kollegin, hat sich die Einstellung zur Natur stark verändert. Er hat keine Muße mehr, sich naiv seinen Naturempfindungen zu überlassen, jetzt benutzt er das Umhergehen, um über das Leben und die Chancen, die man darin hat oder nicht hat, zu reflektieren. Auf zweifache Weise erlebt der Erzähler die für ihn neuartige Monotonisierung der Welt: a) als Schreck der Physis: Eine Arbeiterin wird verstümmelt und b) strukturell: Die natürliche Welt wird nicht mehr persönlich und okkasionell, sondern mit Effekten der Beklemmung und Umheimlichkeit erlebt. Beides zusammen ergibt eine Verschiebung: Die Arbeitswelt erscheint als Fremdbereich und die Natur als Fluchtraum.

Der Erzähler entdeckt, daß er gerade nicht in eine persönliche Biographie hineingerät, sondern in eine Konstellation. Es ist symptomatisch für ihn und seine »Rettung«, daß er in die Bildung, insbesondere in die literarische Bildung ausweicht. Er ist Student, er ist vertraut mit Geistes- und Geschichtsgrößen der Vergangenheit; er wählt sich als Gesprächspartner Cicero aus. Ihm klagt er sein Leid, bei ihm beschwert er sich über die modernen Zustände. Für Leser, die sich in den lyrischen Gesten von Johannes Kühn auskennen, ist es wunderbar zu sehen, wie sich in der Erzählung zwei Motivreihen langsam auf den Weg machen: die Reflexion über die Natur und die Reflexion über die Arbeit. In der Erzählung *Ein Ende zur rechten Zeit* fließen sie erstmals ineinander und bringen den typisch Kühnschen Ton hervor: »Neidisch blickt man den Vögeln nach, so ein Federkleid und die weite Sicht des Himmels zu haben statt des Arbeitskittels und angebunden zu sein an das Fließband!«

Bis heute ist Kühn als Erzähler immer auch Lyriker und als Lyriker immer auch ein Erzähler geblieben; in beiden Genres zielt seine Wahrnehmung auf die Fixierung von Augenblicken ab, die Kühn jedoch nicht weiter verschlüsselt, verengt oder verrätselt, sondern öffnet, erschließt und dann, mit dem Glück dessen, der Entdeckungen zu machen weiß, vor den Augen des Lesers präsentiert. Von Ferne grüßen Eduard Mörike und William Carlos Williams: der lyrisch gestimmte Betrachter und die Verinnerlichung des Augenblicks. Durch diese Verinnerlichungen hindurch wird aus dem jungen Mann ein unverwechselbares Ich. Ein weiteres Moment tritt hinzu. Die Konfrontation mit den Zumutungen der Moderne macht aus dem Erzähler ein kritisches, fragendes Subjekt. Wir schauen dabei zu, wie inmitten von Arbeit, Natur und Poesie ein reflexives Zentrum auftaucht, das sich selber formt und schließlich moralische Fragen an die Welt stellt. »Die Normen, nach denen ich mich anerkennbar zu machen suche, sind nicht wirklich meine. Sie kommen nicht mit mir in die Welt (...). Diese Normen sind mir, meinem Leben und meinem Tod gegenüber gleichsam indifferent. Und diese letztere Zeitlichkeit unterbricht die Zeit meines Lebens; zugleich ist es aber paradoxerweise diese Unterbrechung, diese Desorientierung der Perspektive meines Lebens, dieses Moment einer Indifferenz in der Gesellschaftlichkeit, das mein Leben stützt« (Judith Butler). Die menschengemäßere Welt verschwindet, die Erinnerung an sie bleibt; sie überlebt im Torturengedächtnis der Dichter, das aus allem, was uns verlassen hat, das Schwebeglück der Literatur macht. Angesichts dieses Ergebnisses ist es plötzlich unwichtig, ob die Anstrengung des Werks von Johannes Kühn eine Verausgabung, eine Kompensation, eine Verzehrung, eine Obsession, eine Opferung oder eine Entblößung war oder ist. Hauptsache, das Werk ist da. In Kühns Werk kann man wörtlich nachvollziehen, wie die Erinnerung an die einmal menschlich gewesene Welt in einen Traum übergeht. Zu Anfang des IV. Kapitels lesen wir: »Von kleinauf bin ich an die Natur gewöhnt. Ohne närrisch und schwärmerisch zu sein: Alle Berge und Täler der Gegend, die Dörfer, ja alle Häuser kenne ich. Mir bleibt ein gutes Gemüt. Nun klingt der Wind nicht mehr wie früher, die Vögel singen mit einem Male anders.«

Neu ist diese Verlaufsgeschichte nicht; sie ist in der Literatur des 20. Jahrhunderts schon oft erzählt worden, und sie wird im 21. Jahrhundert weiter erzählt werden.

Man kann sagen: Ein ganz wesentlicher Teil der Literatur *ist* die Bewältigung der sich selber fortlaufend modernisierenden Moderne. Überraschend ist allenfalls, daß wir so lange brauchen, um die Botschaft anzuerkennen.

# Editorische Anmerkung

Es gibt drei Anhaltspunkte, diese frühe Erzählung des 1934 geborenen Autors zu datieren: Johannes Kühn hat als Student in den Sommerferien 1956 und 1957 bei Novopan (einem saarländischen Holzspanwerk) gearbeitet. Die Atombombenversuche, auf die er sich bezieht, machten die USA in der Wüste Nevada und die Briten im Pazifik während des Sommers 1957. Die süddeutsche Universität (gemeint ist die Uni Saarbrücken) besuchte er 1956 bis 1957.

Es gibt die folgenden Hinweise auf die Zeit der Niederschrift: Eine erste Fassung entstand im Herbst 1956. Unmittelbar nach den Atomtests vom Sommer 1957 hat er seine Betroffenheit in den Kapiteln XXVI bis XXXVIII zum Ausdruck gebracht. In diesem Zusammenhang hat er sich den ganzen Text noch einmal vorgenommen und ihm die hier gedruckte Fassung gegeben. In einem Brief an den Verleger Dr. Karl August Schleiden schreibt Johannes Kühn am 19.3.1958: »Ich habe ein Prosastück

*Wohin?* [= *Ein Ende zur rechten Zeit*] geschrieben«. Und es folgt die Ankündigung: »Bis Mai habe ich es verbessert und den Schluß hinzugefügt.« Diesen Termin hat er eingehalten.

Die Manuskripte und Typoskripte geben Aufschluß über die Arbeitsweise des Autors; sie weisen aus, daß Johannes Kühn jeden Teil dieser Erzählung sehr rasch, gleichsam in einem Zug niedergeschrieben hat. Ein Vergleich zeigt, daß die Typoskripte nicht Abschriften der Manuskripte sind. Er hat diese wie Entwürfe an der Schreibmaschine zu einer erweiterten, stimmigeren Fassung entwickelt.

Für die vorliegende Druckfassung sind wir mit Johannes Kühn übereingekommen, daß er nur offensichtliche Fehler oder Versehen korrigiert. Der Text sollte seine jugendliche Eigentümlichkeit behalten.

Irmgard und Benno Rech